U0054869

鄭清文童話現象研究
——台灣文學史的思考

本書從鄭清文童話切入，進行台灣文學史的思考。
揭開台灣文學長期以來將兒童文學與成人文學（主流文學）一分為二的盲點。
觀點新穎，立論精闢，值得關心台灣文學的學者參考。

徐錦成 著

序一

馬森

　　童話，是一個被忽略的文類，不但在台灣，在世界各國均如此。因其發展較晚，而且首先必須含有教育的意義，實用功能甚強，與一般以藝術與自由思想為導向的戲劇、小說、詩歌不同，所以常常被排除在一般文學領域及文學史之外，自成一個特殊的文類。

　　近世紀，由於兒童教育愈來愈受到重視，童話故事也就愈來愈形重要，著名的詩人、小說家、劇作家也會染指童話寫作，甚至出現成人童話的一類，使童話或廣義的兒童文學與一般文學的界線顯得模糊起來。不過，撰寫兒童文學的人，不會不考慮到讀者是身心尚未成熟的兒童，對文字的理解尚淺，而且還不具有理性的判斷，在文字書寫上不宜過於艱深，有些人生經驗也不宜過早地袒露在他們眼前，所以作者不能不自我設限，以致教育性的共識，仍然是兒童文學作者所一致遵守的法則。

　　當然只因為重視教育意義，不能成為兒童文學理應受到區別待遇的理由。如果我們注意到在一般文學中本也有勵志的一型，成人也並非完全不需要教育，那麼兒童文學其實也有足夠的理由與一般文學並列。

　　台灣的著名小說家鄭清文同時從事童話的創作，就是一個可以討論這些問題的很好的例子。錦成選擇研究鄭清文的童話，出發點正是認為兒童文學應該在一般文學研究或文學史中有其應有的地位。既然鄭清文的小說受到重視，他的童話自然也不該被人忽略了。

　　鄭清文的小說，在台灣被歸類為鄉土文學，因此鄭清文所寫的共性很強的童話此一文類是否也具有特殊性的鄉土情懷呢？如果是，與他小說中所呈現的鄉土性是否類同抑或不同？就是值得討論的課題。此外，鄭清文的童話有否受到他撰寫小說的影響，而成為所謂的「成人童話」？成人童話與兒童童話的區別何在？也都值得深究。這些問題，錦成在此書中都曾嘗試予以解答。

　　兒童文學一直是錦成研究的重心。他曾出版以碩士論文改寫的《台灣兒童詩理論批評史》（2003），也一連三年主編過九歌版「年度童話選」（2003～2005），現正負責主編「童話列車」大系，是目前台灣極具潛力的兒童文學學者。本書從錦成的博士論文修正整理而成，肯定會為今日台灣的童話研究提供一些新的觀點，進而擴大台灣兒童文學研究的視野。

序二

岡崎郁子

　　徐錦成自大學時代就開始從事寫作，不論創作或評論，都顯現出多方面的才能。實際上，筆者也曾在一個因緣際會下拜讀了他小說、評論等文章，覺得不論是處在創作者或評論家身分，他都可以成一家之言。

　　他繼《台灣兒童詩理論批評史》之後，出版《鄭清文童話現象研究——台灣文學史的思考》。如以台灣文學史研究者的眼光來看，首先讓人想到的是，文學史是否遺漏了童話這項成績？有了這番考量後，身為評論家的徐錦成便將眼光集中在鄭清文的童話故事上，以此為基準，並做為努力的目標。他認為童話研究不僅只限於兒童文學史上，於台灣文學史也應佔有一席之地。筆者也頗有同感。不應只有小說、散文、詩的份量被看重，童話也應開始重視，使其在台灣文學史上佔有應當位置。

　　再者，即使是在兒童文學的世界裡，雖非鄭清文本人所願，但他的童話故事確實捲起了不同的議論，泛起波紋。其中最大的爭議是《燕心果》，裡面所收錄的童話故事有幾篇對小孩而言似乎不符合人倫常理的情節。這一點，也是當初台童文學界對鄭清文童話故事

的批判。直到他花了一些時間寫了《天燈・母親》、《採桃記》之後，兒童文學界的評價才有了改變。這是徐錦成的論證。

　　筆者才疏學淺，不足以對童話下定義。不過，個人卻認為鄭清文的童話故事全都適合小孩子閱讀。那些認為悲慘的結局、非倫理的童話故事等對小孩子有不良影響的這種想法，只是太低估小孩子柔軟的思考力，及對富饒的想像力不信賴的憑證。圓滿的喜劇、應為孩子提出人生正確的道路等說辭其實沒必要。

　　鄭清文的童話故事，在每天重複不斷的日子裡，人物、動植物、自然的生態經營，於此開展，推演著喜悅與哀傷的物語。他以淡淡且富深思的文筆，時而交雜著幽默語調，平易近人。小孩豐富的感性，應可以純真的態度去接受它。那一見即使彷彿是遠超過小孩理解能力的童話故事，在讀了之後說不定會記在心靈深處的一隅，幾年之後如有機會再重讀的話，更能理解、領悟，而有新的感觸，且也會因記憶深處的童話物語而改變對事物的看法。

　　鄭清文的童話故事，一來文體平易，二來寓意深遠，筆者認為這是他最大的特色。

　　徐錦成不但對鄭清文的童話故事真摯地去研究、闡說，且對「童話是什麼？」的定義也嚴肅地去面對。期待藉由徐錦成今後深入的研究，能對童話理論有所構築，並在台灣文學史上給予童話明確的定位。相信這確立的日子，將為期不遠。

目次

前言

　　鄭清文（1932～）是台灣重要童話家，也是重要小說家。他自一九七七年開始發表童話，至今共有三部童話結集，依序分別是《燕心果》（1985）、《天燈・母親》（2000）及《採桃記》（2004）。此外，另有幾篇未結集的童話。

　　在台灣，研究文學者慣以讀者取向為由，將文學截然劃分為「成人文學」（主流文學）與兒童文學。各有各的研究方式、各寫各的文學史。鄭清文是少數能在兩方面均獲致成就的跨界作家之一。

　　本論文雖以鄭清文童話為研究主體，但並非純粹以兒童文學的角度進行討論──這是與之前的鄭清文童話研究不同之處。透過對鄭清文童話的研究，本論文提示「成人文學」（主流文學）與兒童文學接軌的必要。

　　本論文共分六章。

　　第壹章〈緒論〉，除說明本研究之動機、範圍、方法與意義等問題外，並檢討現有之鄭清文童話研究的成果與侷限。

　　第貳章〈鄭清文童話發展歷程：1977～2006〉，將鄭清文童話分成四個時期討論，依序分別是《燕心果》時期（1977～1985）、停滯時期（1986～1996）、《天燈・母親》時期（1997～2002）及《採桃記》時期（2003～2006）。

　　第參章〈成人童話——鄭清文童話的爭議焦點〉。本章以鄭清文童話為例，商榷童話理論中的「兒童性」。如果童話不必限於兒童閱讀，則主流文學（成人文學）史未討論童話無疑是一大缺失。

　　第肆章〈鄉土文學——鄭清文童話的鄉土情懷〉。本章認為鄭清文童話實為一九七〇年代的台灣鄉土文學的餘續。研究台灣鄉土文學者，不宜忽略鄭清文童話，更不宜以為台灣沒有鄉土童話。

　　第伍章〈本土色彩——鄭清文童話的政治意識〉。台灣文學自解嚴（一九八〇年代中期）之後，轉向「本土文學」的追求，意識形態上也時有「去中國化」的傾向。鄭清文童話亦有同樣的特色。他在童話中強調台灣意識，是台灣童話界獨特的景觀。但以主流文學（成人文學）史的角度看，自有其脈絡。

　　第陸章〈結論〉。不管從主流文學（成人文學）史或從兒童文學史的角度看，鄭清文童話都有相當的意義。而他的童話也證明，將「成人文學」與兒童文學一分為二是極大的謬誤。

　　「附錄一」是〈台灣童話發展年表：1977～2006〉，對本研究有補充作用。

第壹章　緒論

第一節　童詩？或者童話？

　　二○○○年三月二十五日，在台北市立圖書館總館「台灣兒童文學一○○研討會」上，詩人兼評論家林武憲發表了一篇名為〈台灣兒童詩歌的特色──從十八家書目談起〉的論文。林武憲認為：

> 台灣的兒童詩歌，是台灣兒童文學發展的先鋒，對台灣兒童文學的發展，影響很大。……台灣的兒童詩歌，不僅走向台灣各個角落，也飛到香港、新加坡、泰國、中國、日本、韓國、美洲、歐洲、非洲等地，使世界各地人士透過書本、雜誌、網路、演唱，感受到台灣兒童詩歌的美妙。……以上種種，顯示台灣兒童詩歌的成果，在國內外的傳播和受到的重視。（林武憲，2000：199～200）

林氏並引用洪文瓊在《台灣兒童文學手冊》中的一段話說：

> 不論是創作量或創作人口，童詩都是居於領先的地位。而且迄今為止，台灣兒童文學唯一較具『軍容』的，也是童詩。帶領台灣兒童文學開步走的，是童詩而不是童話。（洪文瓊，1999：57）

　　的確不容否認，一九四五年以來的台灣兒童詩，不管質與量都相當傲人。楊喚、蓉子、林良、黃基博、陳千武、林鍾隆、詹冰、趙天儀、薛林、林煥彰、謝武彰、陳木城……這些成名、有詳細著作書目可徵的「成人詩人」就不用說了，散佈在台灣各角落的、大量的、未有結集詩集問世的「小詩人」（絕大多數是在學的小學生）更不知如何計數。若說台灣的兒童詩創作，是台灣現代文學上燦爛的一頁，相信也不會有人反對。

　　然而，林武憲發表這篇論文時，已經是新、舊世紀之交，以當時台灣的兒童文學狀況，兒童詩是否仍是領先群倫的文類呢？

　　答案應該是否定的！

　　林武憲論文談的是台灣童詩，免不了要為童詩說話，但如果讀者真的認為兒童詩是台灣兒童文學成就最高、地位最重要的文類。恐怕就有時空錯亂的危險了。

　　讓我們「以子之矛，攻子之盾」，回到林武憲所引用的版本，也就是洪文瓊的《台灣兒童文學手冊》，對他的說法再進一步討論吧。

　　洪文瓊的那段話，出自該書第九章〈台灣兒童文學發展歷史分期 1949～1999〉，該章將台灣兒童文學分為以下五期探討：

　　一九四九～一九六三年，可稱為交替停滯期。

　　一九六四～一九七〇年，可稱為現代兒童文學引入萌芽期。

　　一九七一～一九七九年，可稱為現代兒童文學自我追求成長期。

　　一九八〇～一九八七年，可稱為現代兒童文學分化爭鳴期，是幼兒文學、兒童戲劇開始活絡的年代。

　　一九八八～一九九九年，可稱為現代兒童文學內外多方崢嶸期，也即台灣兒童文學真正開始多頭競逐的時代。

　　林武憲引用的洪文瓊的那段話，其實出現在第三期，也就是一
九七一～一九七九年那一段的敘述中。將該段完整摘錄，應該是這
樣的：

> 從兒童文學創作來看，此時期可以說是童詩的蓬勃期。不論
> 是創作量或創作人口，童詩都是居於領先的地位。而且迄今
> 為止，台灣兒童文學唯一較具「軍容」的，也是童詩。帶領
> 台灣兒童文學開步走的，是童詩而不是童話，這是值得我們
> 觀察的。它可能跟現代詩在台灣的發展有關係，但應不是唯
> 一的。（洪文瓊，1999：57）

　　從文章上下文的脈絡可清楚推論：洪文瓊認為「此時期是童詩
的蓬勃期」的「此時期」，應是指一九七一～一九七九年；而「迄今
為止，台灣兒童文學唯一較具『軍容』的，也是童詩」的所謂「迄
今為止」，應止於一九七九年，既不是指《台灣兒童文學手冊》初版
時間的一九九九年，更不會林武憲發表論文時的二〇〇〇年。

　　林武憲之所以認為「台灣的兒童詩歌，是台灣兒童文學發展的
先鋒」，或許有他的堅持[1]。但事實上，這樣的觀點並非兒童文學界
共識。

　　筆者曾撰《台灣兒童詩理論批評史》[2]一書，在該書第貳章〈台
灣兒童詩的發展歷程（1945～2000）〉中曾多次提到：

---

[1]　林武憲的論文亦將台灣童詩的發展分期討論，他將五十多年的發展概況分
　　為三期：播種期（1945～1971年）、生長期（1972～1983年）、成熟期（1984
　　～1999年）。他肯定童詩在「生長期」裡的蓬勃發展，但並不同意童詩在
　　「成熟期」已走下坡。在他眼中，直到二十世紀末，台灣童詩仍持續興盛。

[2]　《台灣兒童詩理論批評史》實為筆者的碩士論文《台灣兒童詩理論與批評

> 從一九七一年到一九八〇年，這十年可說是台灣兒童詩的「黃金十年」。跨進八〇年代後，兒童寫詩的熱潮便漸漸退燒了，連帶使得成人為兒童寫詩的情況也進入盤整。……
>
> 七〇年代（或說民國六〇年代）是台灣兒童詩的黃金時期，這是兒童文學界一般的共識。……
>
> 經過七〇年代的十年激情，近二十年來的兒童詩雖然看起來不再那麼熱鬧，卻反而呈現出它的「基本面」。……
>
> 七〇年代一窩蜂的兒童詩熱潮並非正常的現象，兒童詩的退燒，反而是回歸基本面，讓我們更能以平常心來看兒童詩。（徐錦成，2003：15～18）

　　從這些論點可知，筆者並不同意林武憲的看法。筆者認為兒童詩即使是台灣兒童文學中最崇高、最輝煌的文類，也只限於七〇年代的「黃金十年」而已。這個觀點，基本上呼應、同意了洪文瓊的說法。

　　話說回來，如果台灣兒童文學的一九七〇年代是屬於童詩的年代，那麼，八〇年代之後是哪一種類型統領風騷呢？

　　要回答這個問題，仍可以在洪文瓊的文章中找到線索。他說：「帶領台灣兒童文學開步走的，是童詩而不是童話。」設若他執筆之時（一九九九年），童話不是兒童文學中的「顯學」的話，他何必引童話來和童詩對照呢？換言之，如果少年小說（或兒童戲劇或圖畫書）

發展之研究（1945～2000）》（台東師範學院兒童文學研究所，2001 年 6 月）的增訂改寫。

的成就大過其他文類，他何不說「帶領台灣兒童文學開步走的，是童詩而不是少年小說」（或兒童戲劇或圖畫書）呢？

　　有一些事實，可以佐證童話在八〇年代之後的蒸蒸日上。

　　首先，從文學獎的角度看。

　　一九八六年，第九屆「時報文學獎」舉辦徵文比賽，共徵選短篇小說、散文、新詩、童話、科幻小說等五類，而前一年的第八屆只徵選小說、散文、新詩、科幻小說四類，沒有童話。這是「時報文學獎」創辦以來，首度徵選童話類。

　　「時報文學獎」創立於一九七八年，歷屆的徵文項目時有變化。第一屆只設了小說與報導文學兩類，但第二屆就增為小說、散文、新詩、報導文學等四類。第六屆開始停徵報導文學，間接印證這個文類的衰退[3]。而第七屆（1984 年）起，開始附設張系國主導的科幻小說獎，無疑也替這個文類推波助瀾[4]。

　　第九屆「時報文學獎」徵選童話類，儘管只辦了一屆就夭折，但仍是對台灣童話的一大肯定及鼓舞。在台灣，兒童文學一直是邊緣文類（直到二〇〇六年的現今仍是！），主導文壇動向的是「成人文學」[5]，尤其是「成人文學」中的小說及詩。散文的影響力較前兩者小。而戲劇的地位不高，也可算是邊緣文類。

---

[3] 報導文學於第十四屆（1991 年）恢復徵選，該屆並增設文化評論獎——這當然也呼應了當時的文壇趨勢。

[4] 科幻小說獎連續舉辦五屆後，於第十一屆（1988 年）畫下句點。

[5] 兒童文學與「成人文學」的二分法，難脫粗糙之嫌，在此僅是方便說。後文會有對此二者異同進一步的辨別論述。

　　兒童文學與「成人文學」向來鮮有互動，但以「時報文學獎」在台灣文壇的權威性及代表性，它卻能注意到童話，這對「成人文學界」與兒童文學界來說都是珍貴而特殊的經驗，而這也是其他兒童文學文類至今所未有的經驗。當時童話在台灣兒童文學的地位，可見一斑。

　　當然，兒童文學界也有多項兒童文學獎徵文舉辦。近三十年來，在兒童文學界最具影響力的徵文比賽有三種：

　　「洪建全兒童文學創作獎」：創設於一九七五年，結束於一九九二年，共舉辦十八屆，歷屆徵選的文類偶有變化，共徵選過圖畫故事、少年小說、童話、兒童詩歌等類。

　　「台灣省兒童文學創作獎」：由台灣省教育廳所主導，創立於一九八八年，每年選定童話或少年小說兩項之一來徵獎，按慣例年年更換，也就是說，每種文類兩年會輪到一次。該獎共舉辦十四屆（二○○一年），終因「精省」之故而停辦。

　　「國語日報兒童文學牧笛獎」：創設於一九九五年，分童話及圖畫故事書兩類，每兩年徵選一次，至今已舉辦六屆，且仍在舉辦，是目前台灣兒童文學界最受矚目的文學獎之一。

　　以上三種文學獎，徵選獎項各有不同，但唯一的交集便是童話。童話在台灣兒童文學界的地位，由此可證。

　　其次，就學術研究的角度來看。

一九九七年九月，台東師範學院（今台東大學）兒童文學研究所正式創立，自此即扮演台灣兒童文學學術研究的火車頭角色[6]，且至今仍是國內唯一的一所兒童文學研究所，影響力從未稍減。該所創設之後，每年均舉行大型學術研討會，而第一次舉辦的大型研討會，便是一九九八年三月二十六日起兩天在該校舉行的「一九四五年以來台灣地區現代童話學術研討會」。該研討會的論文集亦結集出版，共收十三篇論文，是台灣童話論述極重要的參考書之一。該所日後亦陸續舉辦「少年小說研討會」、「圖畫書研討會」等各種兒童文學類型的研討會，但該所首度舉辦大型研討會即鎖定童話，不能不說是對童話的一種肯定。[7]

　　第三個角度，可從「年度文學選」來觀察。

　　台灣是文學的花園，在這裡每年出版有「年度小說選」、「年度散文選」、「年度詩選」，甚至也有過「年度文學批評選」[8]，但直到

---

[6]　孟樊於〈現代文學評論與研究概況〉一文中指該所：「對於台灣兒童文學的研究投注了極大的心力……儼然已成為兒童文學研究火車頭。」（孟樊，2002：31）而邱各容於〈為前人建檔，為今人勾微〉一文中則說：「目前國內兒童文學研究的氛圍已然形成，培育兒童文學研究人才的搖籃──台東師院兒童文學研究所成立有年，一支兒童文學研究隊伍也在林文寶所長帶領下成軍了。」（邱各容，2002：17）

[7]　事實上在這場研討會之前，三月二十二日起兩天，「中國海峽兩岸兒童文學研究會」與「民生報」亦假台北聯合報第二棟大樓會議廳合辦了「一九九八年海峽兩岸童話學術研討會」，與會的學者專家的名單與台東師院所辦的這場研討會頗有重複，但發表的論文並不重複。由於這兩場童話研討會的成功，因此林良曾稱「一九九八年是兒童文學童話年」。（轉引自林文寶，1999：40）

[8]　「年度小說選」自1968年開始編選，後曾追溯編出1966、1967兩年的年選。「年度散文選」開始於1981年。「年度詩選」開始於1982年。以上三

二〇〇三年，才出現第一部「年度童話選」[9]。當然，在此之前，台灣並非從無兒童文學選。其中「童話選」也不少。如果光就具有歷史回顧觀點的童話選而言（也就是排除掉並未突顯年代意義的童話選，如主題性的童話選等），則洪文瓊主編的《兒童文學童話選集》及周惠玲主編的《夢穀子，在天空之海──兒童文學童話選集 1988～1998》就是上個世紀兩部具有代表性的選集。前者出版於一九八九年二月，選文的範圍包含一九四九～一九八八年。後者儘管與前者主編者不同，但基本上可說是前書的續編。然而台灣確實並未有過一年一部的「童話年度選」。而第一次出現的兒童文學年度選，不是少年小說、不是兒童散文、不是兒童詩、不是生活故事，而是童話。理由無他，因為其他兒童文學類型的質與量都不如童話。或者說，其他的兒童文學類型都還不具足每年編選一部選集的條件。

　　「年度童話選」仍在繼續編選出版中，已成為常態性的年度選集，與「年度小說選」、「年度散文選」、「年度詩選」相提並論，正可證明台灣童話的實力。

　　還有許多證據可以說明近年來台灣童話的蓬勃。許建崑在《認識童話》[10]一書序文〈童話向前走〉中說：

種年度選至今仍在運作。「年度文學批評選」存在於 1984～1988 年共五屆，今已停辦、絕版。

9　《九十二年童話選》由徐錦成主編，台北：九歌，2004 年 3 月。

10　《認識童話》內收林文寶等人所撰論文十四篇；另有附錄四種，分別為〈光復以來台灣童話創作書目〉、〈民國三十四年以來台灣地區童話論述書目〉、〈民國八十年以來大陸童話在台出版品書目〉、〈台灣地區兒童文學創作獎簡表（童話部分徵文）〉等。

自民國七十四年起，學會（按：指「中華民國兒童文學學會」）
召開了童話討論會，也陸續出版了《認識兒童文學》、《認識
童話》等書，對於童話的現實性、教育性、創造性、文學性，
都有相當深入的探討。接著，兩岸兒童文學界開始交流，引
進大陸諸多童話理論與創作，讓國人增廣了見識。而北市師
院陳正治、台東師院林文寶、嘉義師院蔡尚志三位教授不約
而同也提出了精闢的童話專論；作家如管家琪、賴曉珍、孫
晴峰、張嘉驊、林世仁等十餘人，也寫出如潮的佳作，一新
國人耳目。有企業天份的郝廣才將國內外著名作家、插畫家
結合起來，改寫不朽的童話作品，行銷國際。名作家小野利
用童話口述與遊戲的特質，集合家人自畫自作，出版了許多
書籍，成為童話教學引導的一個好範例。民國八十七年春天，
國內還舉辦了「海峽兩岸童話學術研討會」和「一九四五年
以來台灣地區現代童話學術研討會」。（許建崑，1998：6）

　　這段話，簡明扼要地描述了一九八五年到一九九八年（該文寫
作的時間）之間台灣童話的豐富多姿。

　　無可諱言，童話之外，也有人認為九〇年代以來異軍突起的圖
畫書（或稱繪本）是現今兒童文學最重要的類型[11]。但圖畫書是結
合文字與圖像的藝術，許多文學理論面對圖畫書根本使不上力。有
些無字圖畫書納入「兒童文學」乍看理所當然，但其實它是否可稱
為「文學」已見仁見智。圖畫書在國內、國外都算是新興的類型，

---

[11] 劉鳳芯認為：「過去十年（按：指1988～1998年）台灣兒童文學在各文類
　　的發展上，最耀眼的現象就是圖畫書異軍突起。」（劉鳳芯，2000：135）

作品雖如雨後春筍，但理論與批評還有待迎頭趕上。回到童話來說，即使圖畫書搶走了原本屬於它的聚光燈，但童話做為兒童文學的代表性文類，卻仍不容置疑──更何況，童話不會引起圖畫書特有的「圖／文」爭議。

　　綜上所述，可知童話在一九八〇年代以來的台灣兒童文學界中所居的顯要地位。研究當代台灣童話，對台灣兒童文學研究、乃至於台灣文學研究，都是極具意義的事。

第二節　從童話到鄭清文童話

　　本論文的題目清楚寫著：〈鄭清文童話現象研究〉。乍看之下，研究對象、範圍非常清楚，但有幾個可能引起的問題，還是先解釋一下比較好。

　　如前所述，台灣童話值得討論。但本論文並非想全面性地討論台灣童話，而是希望用單點突破的方式，僅討論一位作家的作品，再以這位作家為起點，輻射出去，對照整體的台灣童話問題。

　　因此，一個好的切入點，很可能便是本論文是否有意義的一個重大關鍵。

　　鄭清文是台灣著名的小說家，也無疑是必將在台灣文學史上佔有席次的重要小說家。他也寫童話。而他的童話，在近三十年來的台灣童話界是個極為特殊的現象。

　　鄭清文於一九七七年開始發表童話。但事實上，小說家鄭清文的童話並非一開始就受到兒童文學界的肯定。從一九七七年到一九

八五年三月他的第一本童話《燕心果》出版前，兒童文學界對鄭清文幾乎不聞不問。而《燕心果》出版後，雖有零星的讚賞，但或許是因為鄭清文驟然暫停童話寫作[12]，使得《燕心果》遭到長時間的冷漠對待。

二〇〇〇年四月，鄭清文出版了第二本童話《天燈‧母親》——與第一本童話的初版時間相隔十五年。兒童文學界固然給了不少掌聲，但亦有若干異議，認為它不適合兒童閱讀。而他的第三本童話《採桃記》於二〇〇四年八月出版，所獲得的評價就全是正面的了。

回顧鄭清文童話獲得肯定的歷程，有如倒吃甘蔗，愈來愈甜。但細讀鄭清文童話，我們卻發現，即使他的童話寫作時間至今橫跨三十年整，其風格並無重大變化，則兒童文學界對他的評價的變化，就是一個有趣的問題了。

還有幾個問題必須先予解決。首先要問的是：童話是什麼？

這是個老問題，卻仍必須加以解釋。

「童話」難以定義，原因之一是因為它是極具活力的文類，不斷演變。而定義通常趕不上作品本身的進化。

周惠玲在《夢穀子，在天空之海──兒童文學童話選集 1988～1998》一書的「編者的話」〈種在天空之海的夢穀子〉中說：

---

[12] 《燕心果》受到的注目不多，但鄭清文驟然暫停童話寫作應只是原因之一。尚有其他可能的原因，後文有續論。

> 筆者在編選這本童話選集時，並不嚴苛於閱讀年齡的限制，
> 也不限定敘述的文體形式，甚至可以說，筆者是以搜羅各種
> 文體為樂，即使作品中具有反童話的性格，也將之視為對未
> 來童話創作領域的冒險和嘗試。希望藉此，能呈現更寬廣的
> 童話視野。（周惠玲，2000：15）

　　周惠玲的編輯觀筆者完全贊成。事實上，也唯有將童話的邊界
擴大，納入更多「可能的」童話，才能彰顯當代台灣童話變化多端
的特色。

　　因為童話正在演變、且不斷演變，為童話下定義無疑自縛手腳。
如果不拘束於陳舊的童話觀念，那可談論的童話作品將會更多。做
研究寧用「加法」，不用「減法」。忙於判斷哪些作品「是不是童話？」，
對研究不見得有好處。

　　只是，本論文畢竟是學術性論文，若對研究對象毫無定義，實
不符學術論文規範。該說的還是要說，底下就先來說說：「童話是什
麼？」

　　林文寶對童話範疇曾這樣解釋：

> 「童話」範疇的界定，有廣義、狹義之分。廣義的界定是採
> 取較寬廣的認定，也就是把「童話」用來泛指一般的兒童故
> 事。如此的認定，則童話之於寓言、民間故事、小說……等
> 各類兒童故事，不是同位階的不同文類，而是各類兒童故事
> 的統稱，此種廣義的童話，事實上已不是單純的一種文類。
> 這種把童話等同兒童故事的廣義範疇用法，雖然為一些人所
> 採取，卻不為兒童文學理論研究者及大多數童話創作者所認

同。為兒童文學研究者及大多數創作者所認定的童話範疇，
是狹義的定義。通常是指較為荒誕的超現實兒童故事，是單
純的一種兒童文學文類。它跟寫實的兒童故事、寓言、神話、
小說不同。它的故事情境通常涉及人類現實世界以外的其他
世界。在範疇上，它包括古典童話（含民間童話、古代童話）
與現代童話。……

基於上述童話範疇的認定，童話的內涵可化約為四方面，也
就是四個基本構成要素：兒童、故事、趣味、想像。兒童是
指童話主義閱讀對象為兒童；故事是指體裁上童話是屬散文
故事體；趣味是指童話的閱讀心理需求；然而給兒童看的有
趣個故事類型太多，哪些才能歸為童話呢？這就涉及童話用
以跟其他故事文類相區隔的童話特質。此一能使得童話跟其
他故事區別開來的質素就是「想像」，它是童話最重要的構成
質素，也是西洋現代童話的命名精義所在，可說就是古典童
話、現代童話所共具的特質。想像也有人稱之為「幻想」。（林
文寶，1998：61）

　　在這段話中，林文寶提出童話的四個基本構成要素：兒童、故
事、趣味、想像。基本上這也是現今童話界的共識。

　　陳正治在《童話寫作研究》一書的〈緒論〉中，曾整理蘇尚耀、
朱傳譽、林文寶、蔣風、林良、林守為、嚴友梅、林鍾隆、洪汛濤
及張美妮等十位評論家對於童話的說法，歸納出以下結論：

　　　　由以上十家的童話定義來看，童話的構成要素，在欣賞對象
　　　　上屬於「兒童」；在文體上屬於「故事」；在特質上屬於「想

像或幻想」、「趣味」；在內容上重視「意義」；有它的特定範圍。……

構成童話的主要條件有下列幾項：

（一）兒童：這個條件是屬於童話的欣賞對象。童話是給兒童欣賞的，因此，童話作品在取材、語言、主題、結構等等方面，都以兒童為主，很重視兒童的閱讀興趣，身心需要和理解能力。

（二）趣味：這個條件是屬於童話的特質。兒童看故事是為了得到快樂，為了使兒童快樂，童話就非常重視趣味性。

（三）幻想：這個要素也屬於童話的特質。……童話作品中，常可見到誇張、擬人、及與客觀事實不合的情節，因此，這種文體跟一般以寫實為主的兒童小說、兒童故事，有很大的差別。

（四）故事：這個要素是屬於童話的文體範圍。童話需具故事性。童話如果沒有具備「故事」的要素，那就會變成散文或其他文體了。

童話的主要形成條件是以上四大項。至於「意義」方面為何不列入呢？意義是構成優良童話的條件之一。有趣的童話，加上有意義的條件，這是理想的童話。……

基於以上的看法，試提出童話的定義如下：童話是專為兒童編寫，以趣味為主的幻想故事。（陳正治，1990：4～7）

　　事實上完美的定義是不可能的，何況文學作品常以突破框架彰顯意義。不過陳正治對童話的定義畢竟是經過整理十家的說法才提

出，筆者認為有其參考價值。因此，本論文將以這個定義為基準。但筆者也先聲明，這個定義只是一個參考座標，在論述的過程中或結論處，我們或許會發現——或形成——更好、更新的童話定義。屆時，這個童話座標便不是毫無移動可能了。

　　還有一個原則也必須先說明。近年來，台灣兒童文學界有若干關於「童話小說」、「小說童話」的討論，譬如蔡尚志將童話分成「古典童話」、「作家童話」及「小說童話」三大類，並認為「『小說童話』顧名思義就是『小說化了的童話』」。（蔡尚志，1996：22）而黃秋芳也說：

> 小說童話，在作品裡展現了沛然不可阻擋的活力，作家的個
> 人風格及魅力，跳出故事之外，深化了兒童文學的內在精
> 神。……
> 「小說童話」不但是一種文學類型的演進，同時也是一種人
> 格心靈成長成熟與人類社會文化格局的變遷演進。……
> 小說與童話重疊拉鋸，相互侵入，兒童看的「小說童話」和
> 成人看的「童話小說」，形成糾結持續的生養裂變。（黃秋芳，
> 2002：182～186）

　　這些討論若放在童話演進史的脈絡裡看，或許有其意義。但本論文不擬採取這類說法。筆者認為，跨文類的寫作並非特異現象。文類的劃分本來就是後設的，決不是封閉的。為了方便研究，將作品分門別類可說是「必要之惡」。但不管是童話、小說、散文、詩……，其實都是書寫，在分類上斤斤計較毫無必要。研究者必有其立場，

重要的是在研究之前，先說明清楚從哪個立場出發。文類邊界不是不可偷渡。

有些作品，既可當作童話，亦可視為小說。研究童話及小說者，都有權將之納入範疇內。而不同的研究立場，看出來的結論必有不同。這之間，沒有誰是誰非的問題。把作品再分成「童話小說」及「小說童話」，不見得有必要。

本論文認定鄭清文童話的方式，當然是較為寬廣的。譬如曾收錄於《鄭清文短篇小說全集卷六：白色時代》的〈皇帝魚的二次災厄〉，以前被當作小說，但筆者亦認為它具有童話「幻想性」的特質。

另一點要說明的，是本論文研究的時間範圍為一九七七年至二〇〇六年。開頭的年代是鄭清文初發表童話之年，結束的年代是本論文寫作的此時。這應該是無疑義了。但本文第二章，將鄭清文童話分為四個時期來探討，則是一種「方便說」。這點在第二章會有進一步的說明。

無論如何，歷史是不斷進行的，將歷史截然分流也是荒謬的。探討一九七七年之後的鄭清文童話，有時仍需與一九七七年之前的台灣童話對照。而分期探討鄭清文童話，也是一種「必需的假設或研究的工具」（卡耳，1968：53）。筆者想提醒的是，在標示出研究的始終年代之後，時間仍只是一個參考，不能看得太死板。

第三節　鄭清文童話研究現況

　　鄭清文是台灣當代重要作家。自一九五八年他二十六歲時發表第一篇小說以來，近半世紀寫作從未中輟，如今成書的著作已超過三十種，若依文類劃分，大致上可分為小說（包括長、短篇）、童話及評論三類。

　　但儘管鄭清文作品質量俱佳，回顧歷史，我們卻發現，鄭清文成為文壇上的焦點人物不過是近幾年的事。

　　二〇〇六年五月二十七、二十八日於中正大學召開的「鄭清文國際學術研討會」，對鄭清文的介紹有這麼一段話：

> 由於作品傾向於簡潔，為人特立獨行，是屬於慢熱型的作家，因而儘管著作甚多，成就頗高，在一九六八年就得第一個獎（按：指第四屆「台灣文學獎」，該獎即「吳濁流文學獎」前身），他卻要等到跨世紀的多年後的四、五年後才開始經歷典範化的過程。

　　文中所指的「等到跨世紀的多年後的四、五年後才開始典範化的過程」，意指該研討會將替鄭清文的作品推上「典範」的地位。這應是替該研討會宣傳的文句。不過，鄭清文受到的肯定姍姍來遲，也是不爭的事實。

　　以碩、博士論文來觀察鄭清文受到的注目，應該是極為恰當的。而我們發現，至今尚未見有博士論文以鄭清文作品為研究對象。碩士論文雖有八篇，但都集中在最近這幾年。

　　八篇碩士論文中，研究鄭清文小說者有五篇。依序分別是：

　　詹家觀〈鄭清文小說中的社會變遷〉，一九九九年六月，政治大學中國文學系碩士班；

　　許素蘭〈冰山底下的大水河——鄭清文短篇小說研究〉，二〇〇〇年六月，靜宜大學中國文學系碩士班；

　　郭惠禎〈鄭清文短篇小說風格研究〉，二〇〇一年六月，臺北市立師範學院應用語言文學研究所碩士班；

　　呂佳龍〈成長與記憶之河——鄭清文小說研究〉，二〇〇二年六月，南華大學文學研究所碩士班；

　　陳美菊〈《鄭清文短篇小說全集》研究〉，二〇〇二年九月，高雄師範大學國文教學碩士班。

　　鄭清文的作品以小說為大宗，所以研究他的小說的論文較多，這是很自然的。鄭清文仍是現役作家，相信未來還會有更多的碩士論文——甚至博士論文——繼續探討鄭清文小說。

　　這五篇碩士論文皆以鄭清文小說為研究對象，按理說並無須涉及鄭清文童話。然而，呂佳龍〈成長與記憶之河——鄭清文小說研究〉題目雖僅列出「小說」，實際上亦討論了童話。

　　一如前文所述，文類的劃分本來就有其彈性。呂佳龍同時討論鄭清文小說與童話，絕非不可。只是他的論文副標題明白寫著「鄭清文小說研究」，畢竟容易惹人誤會。事實上呂佳龍論文論及鄭清文童話處，集中於第三章第二節的第二小節〈童年記憶與烏托邦〉（頁113～124），不過才十一頁的篇幅，在全文中所佔比例不高——不知道這是否即是呂佳龍未在論文題目上提及「童話」的原因？

　　呂佳龍的論點後文續有提及。至於另外四篇以鄭清文小說為研究對象的碩士論文，由於未涉及鄭清文童話，本文將不予探討。

　　與鄭清文童話相關的碩士論文，至今計有三篇。依序分別是：

　　邱子寧〈鄭清文作品中的童年敘事〉，二〇〇一年六月，台東師範學院兒童文學研究所碩士班；

　　何慧倫〈鄭清文童話研究〉，二〇〇三年六月，高雄師範大學國文教學碩士班；

　　何嘉駒〈管絃樂曲《天燈‧母親》及其創作理念〉，二〇〇四年六月，交通大學音樂研究所碩士班。

　　邱子寧的論文，實際上是小說與童話的合論，並非專論鄭清文童話。全文共分五章，分別是：第壹章〈緒論〉、第貳章〈童年與敘事〉、第參章〈鄭清文短篇小說中的童年敘事〉、第肆章〈鄭清文兒童文學作品的敘事〉及第伍章〈結論〉。

　　鄭清文的小說常見童年場景，的確值得探討。但將鄭清文小說中的童年與鄭清文寫給兒童的作品相提並論，卻是大膽的嘗試。本篇與鄭清文童話相關的部分在於第肆章，該章又分為四小節，依序是：〈《燕心果》研究〉、〈《新莊——失去龍穴的城鎮》研究〉、〈《天燈‧母親》研究〉及〈小結〉。其中《新莊——失去龍穴的城鎮》一書是鄭清文為兒童而寫的新莊介紹，是報導文學，不是童話。邱子寧以同一焦點「童年敘事」檢視三種文類——小說、童話及報導文學，是極有創意的嘗試。

　　然而令人質疑的是，邱子寧一方面清理了鄭清文小說中的童年，卻對鄭清文童話照單全收，而鄭清文童話並不見得都寫童年。也就是說，這篇論文判斷鄭清文小說的標準是「寫童年與否」，但判

斷童話時，標準卻是「兒童文學」（而非「寫童年的兒童文學」）。事實上，也等於對童話不加判斷了。

不過持平而論，這篇論文在細部的論述頗見功力，仍有許多值得參考之處。本論文對這篇論文亦有所引用、補充及回應。

何慧倫〈鄭清文童話研究〉與本研究的題目幾乎一樣。全文共分六章，分別是：第一章〈緒論〉、第二章〈兒童文學中的童話〉、第三章〈鄭清文生平及寫作態度〉、第四章〈鄭清文的童話創作理念〉、第五章〈鄭清文童話的再定位〉及第六章〈結論〉。

從目錄可看出，第二章到第四章都未與鄭清文童話直接相關，只是整理前人的論述而已。第二章整理了「童話」的源流、發展與定義，第三章整理了鄭清文的生平及鄭清文自述的寫作態度，第四章整理了鄭清文自述的創作觀念。這三章都沒有新的見解，只是再說一次其他論述所說過的話而已。

如果這篇論文有所貢獻，應該是第五章〈鄭清文童話的再定位〉。然而令人遺憾與震驚的是，該章幾乎全部抄襲自邱子寧的論文。第二章到第四章即使毫無創見，對於引用前賢的說法仍算尊重，大致都說明了出處。但第五章卻是毫無加註的照抄，且是一字不漏地、大段大段地直接照抄過來。學術論文抄襲的狀況，筆者以前並非沒聽過，但這次親眼目睹，震撼實在難以形容。這篇論文既汙辱了學術研究，也汙辱了鄭清文童話。

音樂碩士何嘉駒的論文〈管絃樂曲《天燈‧母親》及其創作理念〉看題目就明白，這是一位創作者的自述。何嘉駒以鄭清文長篇童話《天燈‧母親》為題，創作出一闋管絃樂曲。他對鄭清文童話是有所領會的，只是他把領會化成了音符。這篇論文的內容雖對本

研究的幫助不多，但何嘉駒將《天燈・母親》入樂，對筆者頗有啟發（詳見後文）。

　　以上三篇論文，對鄭清文童話研究有貢獻者，嚴格講起來僅有半本，也就是邱子寧論文中針對鄭清文童話立論的部分。這樣的研究成果，自然無法令人滿意。而這三篇論文中，一篇寫於二○○一年，兩篇寫於二○○三年，都來不及討論鄭清文二○○四年八月所出版的長篇童話《採桃記》[13]。

　　除了上述三篇，有兩篇碩士論文與鄭清文童話可說擦肩而過。這兩篇是：

　　鄭妃娟〈九○年代台灣創作童話內容研究〉二○○二年六月，台北市立師範學院應用語言文學研究所教學碩士班；

　　劉勝雄〈台灣現代童話研究〉二○○二年六月，中興大學中國文學系碩士在職專班。

　　為何說是「擦肩而過」呢？鄭妃娟解釋她的「研究範圍」時說：「本研究所指的九○年代台灣童話創作，是指西元一九九○至一九九九年，……僅以此十年間成書出版的台灣創作為限。翻譯的作品、古典童話的改寫，及單篇在報紙、刊物發表的作品均不在本研究的範圍內。」（鄭妃娟，2002：9）鄭清文恰巧在這十年內僅有單篇童

---

[13] 何慧倫〈鄭清文童話研究〉討論了〈臭青龜子〉，該文是《採桃記》中可獨立欣賞的一章，發表於 2003 年 7 月 13 日《自由時報・自由副刊》。但事實上鄭清文於 2003 年共發表了七篇短篇童話（也就是《採桃記》中可獨立欣賞的七章），何慧倫顯然遺漏了其他六篇。不過話說回來，何慧倫「討論」〈臭青龜子〉也不過用了一段（頁 255～256），未能深入。

話發表，未有專書出版（《燕心果》曾於一九九三年二月再版，但鄭妃娟並未考慮在內）。所以這篇論文隻字未提鄭清文。

劉勝雄的論文立意高大，要全面性討論台灣現代童話。這篇論文本該涵括鄭清文的討論，可惜作者疏忽，竟遺漏了鄭清文。因而也導致該篇論文的結論有所偏頗。關於這點，後文續有探討。

而由於鄭清文是桃園出生的作家，所以有兩篇以桃園縣文學為研究對象的碩士論文也討論到鄭清文。

一篇是高麗敏〈桃園縣文學史料之分析與研究〉，二〇〇三年七月，東吳大學中文系碩士在職專班；

另一篇是謝鴻文〈桃園縣兒童文學發展之研究〉，二〇〇五年一月，佛光人文社會學院文學研究所。

高麗敏的論文有專章討論兒童文學，那就是第六章〈桃園縣的兒童文學〉。該章第二節〈桃園縣兒童文學作家與作品〉列出林鍾隆、鍾肇政、傅林統、徐正平、邱傑及馮輝岳等六位，但竟遺漏了鄭清文。該論文對鄭清文的敘述，集中在第五章第三節〈戰後的桃園縣新文學代表作家作品〉，將鄭清文與黃娟、呂秀蓮及黃文相等人並列，視為「戰後第二代作家」。

在一般人的印象中，鄭清文「（成人）小說家」的名氣的確比「童話家」來得響亮；但做為學術論文，高麗敏缺少對鄭清文童話的討論，無論如何是項疏漏。也因此，這篇論文對本研究的幫助不大。

謝鴻文的論文在修訂後於二〇〇六年十二月出版，書名取為《凝視台灣兒童文學的重鎮──桃園縣兒童文學史》（富春文化）。這是台灣第一本區域性的兒童文學史。該書對鄭清文予以專節討論，那

便是第三章〈成長：以自覺之心呵護兒童文學〉的第四節〈以悲憫之心為台灣而寫：鄭清文〉（頁 120～136）。

以上十二篇碩士論文，是至今為止與鄭清文童話研究有所相關者（儘管相關的程度不一）。

除了學位論文，有一本專書也必須一提，那就是李進益的《繼承與創新──論鄭清文的文學世界》（二〇〇四年三月，致良）。這是現今書市上唯一一部對於鄭清文研究的專書。該書份量不輕（三五五頁），不過它主要論鄭清文小說，而非童話，故對本研究的幫助也不多。

無論如何，現階段對於鄭清文童話的研究仍然不足。基礎的薄弱正有待來者繼續補強。本論文希望替鄭清文童話研究邁出更向前的一步。

第四節　台灣文學史的思考

單獨討論鄭清文童話的內容與風格（而不涉及與文學環境的影響），當然是極具意義的。至今對於鄭清文童話的探討，大都可算是這類研究。

若從鄭清文童話出發，探討台灣童話相關問題，也是有趣的角度。這一類的論述尚不多見。

　　而本論文想做的，除了前兩者，還有更重要的一點，那就是：嘗試將鄭清文童話放在台灣文學史（而非「台灣兒童文學史」）的脈絡裡討論，為鄭清文童話在台灣文學史上予以定位。

　　在台灣，研究文學者慣以讀者取向為由，將文學截然劃分為文學（也就是主流文學或「成人文學」）與兒童文學。各有各的研究方式、各寫各的文學史。這個現象眾所皆知，對於它的弊病，也都習焉而不察。

　　鄭清文是少數能在「成人文學」與兒童文學兩方面均獲致成就的跨界作家（crossing author）之一。在台灣（主流／成人）文學史上，鄭清文的小說肯定有其地位，然而，著史者心中若存有「『成人文學』與兒童文學」二分的成見，則未必會在鄭清文童話上著墨。

　　台灣兒童文學界曾長期對鄭清文童話視而不見，其原因並不單純，但鄭清文童話風格迥異於台灣主流童話絕對是原因之一。筆者認為，僅從兒童文學（或兒童文學史）的角度討論鄭清文童話，則鄭清文童話的精采處未必能彰顯；或者說，若僅從台灣兒童文學（或台灣兒童文學史）的角度討論鄭清文童話，則鄭清文童話的地位未必會有多高。鄭清文是優秀的童話家，但台灣童話界未必會將他的作品視為經典（canon）。

　　面對鄭清文這位兼跨「成人文學」與兒童文學的作家，有必要將研究角度拉高到整體文學現象（而非僅限於兒童文學）來觀察。而這樣的研究路徑，至今闕如。本論文希望能在這點上進行突破。

　　簡述本研究的意義，可分為三點：

　　第一：鄭清文以知名小說家的身份跨足童話寫作，這在台灣文學界雖非唯一特例，但仍然罕見。他發表童話的早期，文學界（小說界與童話界）的反應並不熱烈；但近幾年，對他的童話評價卻愈來愈高。其原因頗耐尋味。

　　第二：現有的探討鄭清文童話的論文，都是以兒童文學的角度進行研究。但「台灣兒童文學史」本就是台灣文學史的一環。獨立的「兒童文學史」雖然可貴，但有其侷限也是不爭的事實。本論文嘗試為鄭清文童話在台灣文學史上──而非「台灣兒童文學史」──予以定位。這也符合鄭清文做為跨界作家的事實。

　　第三：最近二十幾年，主流童話作家們佔用了台灣童話評論的大半版面，鄭清文相對被忽略了。現有的碩、博士論文中，以鄭清文童話當作研究對象者，尚無博士論文。雖有碩士論文，與鄭清文童話的成就相比也仍然單薄。本論文希望能補足這個缺憾，以向這位傑出的童話家致敬。

第貳章　鄭清文童話發展歷程：

1977~2006

　　二〇〇五年七月，國家文化藝術基金會宣布第九屆「國家文藝獎」得主，共有五位，分別是小說家鄭清文、作曲家錢南章、編舞家林麗珍、劇作家王安祁及電影導演侯孝賢。國家文化藝術基金會同時也發表了對每位得獎者所給予的「得獎理由」，其中鄭清文的部分共有三點：

　　（一）自一九五八年發表第一篇小說，持續創作近五十年。作品包括短篇小說（兩百六十餘篇）、長篇小說（三部）、兼及童話創作（三部）及文學評論，是一位具有強烈社會意識，堅持鄉土關懷的作家。

　　（二）他的作品常鼓勵人在困境中的奮鬥，高揚生命的普世價值；剖析人性，細膩幽微、蘊藉深刻，深合清淡悠遠的藝術理想。

　　（三）一九九九年英譯作品《三腳馬》由美國哥倫比亞大學出版，榮獲美國「桐山環太平洋（Kiriyama Pacific Rim Book Prize）書卷獎」，《紐約時報》、《聖地牙哥聯合論壇報》等皆有專題書評。

　　以上三點，可說是對鄭清文的整體文學成就簡短而清晰的介紹。

　　鄭清文文學是一條大河,但本篇論文不擬對鄭清文整體文學成績進行研究,而將集中焦點於鄭清文的童話。在鄭清文畢生的文學旅程中,童話是「中期」以後才出現的。鄭清文第一篇童話發表於一九七七年,當時他已寫了近二十年的小說,也早已是成名的小說家了。

　　至今(2006 年)鄭清文僅出版三部童話,其中兩部既是長篇童話,亦可視為短篇童話連作。此外,另有一些未結集的短篇童話。就量而言,鄭清文童話不能算多。

　　回顧鄭清文童話的發展歷程,我們發現,可以將他的童話分成以下四期來探討。

第一節　《燕心果》時期(1977～1985)

　　鄭清文於一九七七年開始發表童話,而他的第一部童話集《燕心果》則出版於一九八五年。因此鄭清文童話的第一階段,便以一九七七年為始,一九八五年為終。《燕心果》無疑是這一時期鄭清文童話的具體成績的集合。不過,這時期有幾篇童話並未收錄在這本書中。

　　為了論述方便,底下先談《燕心果》一書中的十九篇,依書中順序簡述之。之後,再來談他這一時期未結集的幾篇童話。但必須先說明的是,《燕心果》一書中各篇作品的順序,並非鄭清文寫作或發表時的順序。鄭清文童話詳細的發表繫年,請參考本論文的「附錄一」〈台灣童話發展年表:1977～2006〉。

　　《燕心果》的初版本，是一九八五年三月十五日「號角出版社」的版本。書中收錄插圖多幀，繪圖者是何華仁。書前有一篇李喬的「序」〈成長的寓言〉。十九篇作品依序分別：

　　第一篇：〈荔枝樹〉。

　　依照童話「幻想性」的要素來判斷，這篇作品並非童話，而是一篇寫實性質的小說（若考慮到讀者的適讀年齡，可稱這篇為「兒童小說」），亦可歸類為生活故事。在一本童話集中，夾雜這一篇（且擺在第一篇！）著實令讀者錯愕。怪的是，至今尚未有人提出這一點。所有論述都稱《燕心果》是一部童話集，這其實是錯誤的，因為《燕心果》實為一部「小說（1篇）與童話（17篇）的合集」。關於〈荔枝樹〉進一步的分析，詳見本論文第三章。

　　第二篇～第三篇：〈鬼姑娘〉、〈紅龜粿〉。

　　這兩篇故事都具有民間童話的色彩，也都是所謂的「鬼故事」。

　　〈鬼姑娘〉是善惡同體，白天的白姑娘是好鬼，晚上的黑姑娘是惡鬼。故事敘述白姑娘生病了，力量無法再與黑姑娘抗衡。少年阿城希望拯救白姑娘，但白姑娘決定與黑姑娘同歸於盡。

　　〈紅龜粿〉則是三個年輕人——阿生、阿火和阿金——比賽誰最膽大，辦法是分別帶著紅龜粿，到墓地裡去，將紅龜粿逐個放在墳墓上。每個墳墓都有一個屬於該墓主人的故事。其中包括冤死者。但土地公執法甚嚴，不容許這些冤鬼冤冤相報、危害村民。

　　或許有人以為：鬼故事是鬼故事，怎麼可算是童話？關於這一點，洪汛濤曾有詳細的說明：

童話有時也寫神，作品中也出現神仙，甚至於鬼怪。……
鬼和神本質上並沒有什麼區別。

在神話中，出現鬼魂，是不少的。但在童話中好像有著個約
定俗成的規矩，就是不可以出現鬼。似乎神是神話，鬼就是
迷信。這是不夠公平的。其實，神和鬼都可以宣傳迷信，也
可以不宣傳迷信。……

有人說，神並不恐怖，鬼出現是恐怖的，因此，不應在童話
中出現鬼。這說法太絕對。神有恐怖的鬼，鬼也有可愛的
鬼。……

童話中既可以寫神，也允許寫鬼。鬼，不是不能寫，而是如
何寫。……

童話中常常出現的妖精、怪物，實際上也是神鬼的變種。(洪
汛濤，1989：127～129)

　　洪汛濤的看法有參考價值。而事實上，我們孩童時期所聽過的故
事，很多也是鬼故事。童話若無法涵括鬼故事，範圍未免過於狹窄。

　　第四篇～第十八篇：這十五篇都以動物為主角，可歸類為「動
物童話」。依序是〈燕心果〉、〈蜂鳥的眼淚〉、〈麻雀築巢〉、〈鹿角神
木〉、〈松雞王〉、〈松鼠的尾巴〉、〈泥鰍和溪哥仔〉、〈飛傘〉、〈斑馬〉、
〈火雞密使〉、〈夜襲火雞城〉、〈生蛋比賽〉、〈恐龍的末日〉、〈白沙
灘上的琴聲〉與〈石頭王〉。其中〈夜襲火雞城〉是〈火雞密使〉的
續集，兩篇需合看。而〈夜襲火雞城〉也是全書唯一一篇在出書之
前未事先發表的作品。

　　即使從未有人統計過，但以動物擬人的童話仍應是童話的最大宗。孩童對於動物好奇，也感到親切。以動物為主角來寫童話，真可謂司空見慣。鄭清文的童話中有這麼多動物童話，是很正常的。

　　第十九篇：〈十二支鉛筆〉。

　　這篇童話以鉛筆為主角，也是敘事者。但其實是藉鉛筆寫人。它是這樣開頭的：

> 我們是鉛筆，一共十二支，老師把我們分送給十二位小朋友。他們是同學，我們是同一部機器生產出來的兄弟和姊妹。我們在分手的時候，一半高興，一半傷心，就像兄弟姊妹長大之後，離開自己的家到不同的地方去開創事業一般。我們也像那些兄弟姊妹，在分手的時候，約定時間回來相聚。（鄭清文，1985：196）

　　鉛筆聚會之後，各述其遭遇。當然，在述說自己的故事時，也不免說了屬於主人的故事。這就是為何本篇是「藉鉛筆寫人」的原因。

　　在邱子寧的論文中，將〈荔枝樹〉及〈十二支鉛筆〉歸類為「生活故事」，因為這兩篇都取材自日常生活。「日常生活作為背景的故事以其簡單情節傳達明顯的寓意，因為敘事通俗易懂，在寫給兒童的故事類型中相當受歡迎。」（邱子寧，2001：120）然而，邱子寧似乎並未考慮到敘事方法以及童話具有「幻想性」特質這兩點。〈荔枝樹〉平鋪直敘，且毫無幻想性，做為童話極不恰當。邱子寧也不認為它是篇童話。不過他將之歸類為「生活故事」，就見仁見智了。而〈十二支鉛筆〉將鉛筆擬人化，充滿幻想，實不該因為它取材自

日常生活而將之歸類為生活故事，並逐出童話的門牆。筆者的意見是：如果我們研究的是童話，則童話的義界就不妨放寬些。

《燕心果》的十九篇作品，後文仍有續論。故事大綱在此不一一詳述。

除了這本書的十八篇童話──已扣除掉〈荔枝樹〉──外，這幾年間，鄭清文還有兩篇童話，並未收錄在這本書中。這兩篇都發表於一九七七年，是鄭清文最早期的童話（比《燕心果》裡的所有作品都早），也都是鬼故事。

一篇是〈蛇婆〉，發表於一九七七年六月號《快樂家庭》，寫的是復仇的故事。故事主角是一個捕蛇為生的女人，他的丈夫被毒蛇咬死，而她本人則被誣陷偷男人。

另一篇是〈捉鬼記〉，發表於一九七七年十二月《幼獅文藝》，這是個「孝感動天」的故事。孝子阿旺為了除掉河中作惡的鱸鰻精，與鱸鰻精有一番惡鬥。病榻上的母親和他心電感應，阿旺除惡的同時，也治了母親的病。

細數這一時期鄭清文童話，九年之間共得二十篇，並結集出版了一本《燕心果》。但《燕心果》出版之後，鄭清文驟然停止了童話創作。更令人遺憾的是，兒童文學界對鄭清文童話的迴響也並不熱烈。

舉個例來說，一九八九年七月，由林文寶教授策劃、幼獅出版的一套五冊的「兒童文學選集」，包括「論述」、「詩歌」、「故事」、「童話」及「小說」等五卷。其中「童話卷」由洪文瓊主編。這套書的出版，在當時是劃時代的大事，因為它的編輯構想是希望清理從一

九四九年到一九八八年的台灣兒童文學作品。《兒童文學童話選集》
總共精選出四十二篇，但鄭清文的童話竟缺了席。

　　如今回首，我們已可以肯定，這是編者的失誤。該書四十二篇
中，有些並不出色。持平而論，鄭清文的童話若入選其中，應是該
書中的上等之作。

　　鄭清文本人或許並不在乎兒童文學界的反應，但這其實印證
了，一位（成人）小說家跨足童話創作，其成績即使不俗，也不見
得能立刻受到肯定。

第二節　停滯時期（1986～1996）

　　《燕心果》出版之後，鄭清文並未再接再厲寫童話。雖然童話
界當時並不在意鄭清文，但現在看起來，鄭清文的停筆仍是台灣童
話界的損失。

　　從一九八六年到一九九六年，十一年間，鄭清文只發表了〈鬼
妻〉及〈皇帝魚的二次災厄〉兩篇較具幻想性的小說。如果從童話
的立場來看，這兩篇小說也可當作童話。

　　〈鬼妻〉發表於一九八七年二月三日《台灣時報副刊》，是一篇
鬼故事。寫一位由冥婚娶來的妻子，忌妒丈夫另娶活人新妻的故事。
該文曾收錄於許振江所編的《名家說鬼》一書，許振江在該書的「編
序」〈民間傳說鬼事多〉說：「〈鬼妻〉寫來生動自然，把台灣民俗中
的『冥婚』用最簡單明瞭的方式，順敘寫下過程，再以住在『鬼』

地的『人妻』來烘托住在『人』地的『鬼妻』，趣味盎然。」（許振江，1993：5）

　　〈皇帝魚的二次災厄〉發表於一九九三年五月號《幼獅文藝》月刊，寫一條魚被吃了一半才被放生的故事。其實本該是條死魚，但皇帝開金口，令其復生，所以牠活了下來。只不過，卻僅餘一半的身軀，因為有一半已經被吃掉了。李瑞騰認為：

> 〈皇帝魚的二次災厄〉無疑是一篇寓言體小說，承繼父親遺產而極度奢華的金春發，不理叔公之勸，待妻如奴婢，吃皇帝魚以表示他有皇帝命。小說後半虛擬土地公將皇帝魚放生回到魚群之中，寫這尾極醜的皇帝魚不斷吃掉自己產下的卵和醜陋的小魚，淚流成河。作者以皇帝魚的傳說為素材，寓族群毀滅之意，諷刺金春發者流。（李瑞騰，1998：5）

　　這兩篇「童話」在發表時，沒有引起兒童文學界的任何反應。這或許是因為當時沒有人認為它們可算是童話吧。一般的看法，是認為鄭清文童話繳了十一年的白卷。呂佳龍如此解釋鄭清文這段時期童話空白的原因：

> 《燕心果》一作出版後，一度致力於童話創作的鄭清文，慢慢減少其童話產量，可能的原因在於當時台灣整體的社會環境，進入一個相對開放的時期，當政治力量的壓制趨緩，民間力量便開始爆發，政治制度與社會發展成為作家主要關心的議題。鄭清文也是如此，解嚴前與政治保持相當距離的鄭清文，在解嚴後漸次展露對政治的關心，政治小說成為他創

作的重心。進入九〇年代後，鄭清文成為致力於「去中國化」論述的一員，並逐年拉高政治發言的層次。除了數十篇的短篇政治小說外，九〇年代的鄭清文更著手完成一篇長篇《舊金山──一九七二》……接續《舊金山──一九七二》後的長篇童話《天燈・母親》（1997），在二〇〇〇年出版。（呂佳龍，2003：120~121）

　　無論如何，對作家個人來說，他的小說創作並未停歇。他僅是暫停了童話這一文類的創作，並非真正停筆。而對整個台灣童話界而言，這十一年，卻恰巧是令人眼界大開的黃金豐收時期。

　　在第一章中，筆者曾以一九八六年第九屆「時報文學獎」徵選童話類為例，說明當時文壇對於童話的重視。該屆「時報文學獎」雖是唯一一次徵選童話，但當時獲獎的四位作家──孫晴峰、張如鈞、李淑真、陳玉珠──都是台灣當時及日後重要的童話創作者。由「時報文學獎」可見一九八六年時，台灣童話興旺之一斑。

　　二〇〇〇年，林文寶教授再度策劃了一套「兒童文學選集」，仍由幼獅出版，這次增加到七冊，包括「小說」、「散文」、「戲劇」、「詩歌」、「故事」、「童話」及「論述」等七卷。其中「童話卷」由周惠玲主編，書名取為《夢穀子，在天空之海──兒童文學童話選集1988~1998》。周惠玲認為「從一九八八到一九九八年來，台灣這十年（按：應為十一年）的童話創作，處在一個文化交流與質變的過渡階段。」（周惠玲，2000：16）在這本書的「編者的話」〈種在天空之海的夢穀子〉中，她對一九八八到一九九八年的台灣童話創作現象有這樣的描述：

首先，逐漸有世代交替的現象，包括王家珍、賴曉珍、張嘉驊、林世仁、劉思源、卜京……等等，都是崛起於這十年中，並且表現亮麗的作家；而前一個十年的作家中，除管家琪、吳燈山、陳啟淦仍經常發表作品之外，林良、林海音、潘人木、嚴友梅、馬景賢、林鍾隆、邱傑、張水金、孫晴峰、張如鈞……等重要作家的作品銳減，或轉型從事其他類型文學的創作，或到了九五年以後已漸次淡出。

另外，這十年間曾有一個特出現象，是成人文學界作家跨行書寫童話。一九九三年，皇冠出版公司曾邀集不少成人文學界的作家創作童話，包括小野、黃春明、周芬伶、曾陽晴、許悔之……等人創作童話；但隨著出版業績不佳，並未蔚成風潮。

另一個現象是，童話創作的主題和藝術手法趨向多元，包括對傳統童話的顛覆（例如孫晴峰《∞的故事》書中的白雪公主和灰姑娘故事改寫、郝廣才以圖畫書呈現、古典童話改寫的《現代版不朽童話》、張嘉驊《怪怪書怪怪讀》系列、林世仁《十一個小紅帽》等）；包括在童話中加入現代社會的價值觀和社會現象（例如劉思源《妖怪森林》、方素珍的《一隻豬在網路上》）；以及敘述手法或童話空間藝術的突破（例如王淑芬《羅蜜海鷗與小豬麗葉》、林世仁《高樓上的捕手》、卜京《西元二九○三年的一次飛行》）……等等。

最後，一個正在發生的現象，是電腦多媒體和網路媒體特性對童話創作內涵所帶來的影響。電子媒體所呈現的非線性文本（hyper text）、圖文共同表述情節事物而非獨立敘述的語言

　　形式、因螢幕不適久讀使得文字趨向簡短、且使用意象強烈
　　的字眼來吸引閱聽人，對於暴露在電子時代的童話作家，似
　　乎也產生影響。(周惠玲，2000：18~19)

　　周惠玲所舉出的幾種現象都有其根據，從中我們也可感受到這
十一年間台灣童話的活力。

　　歷來對台灣童話進行「史」的回顧的論文不少，而年代愈久遠
者，參考價值就愈少。現今最「新」的一篇關於台灣童話的史述論
文，應是劉勝雄於二〇〇二年六月所寫的碩士論文〈台灣現代童話
研究〉，該文第三章第二節〈台灣現代童話的發展概述〉實際上即是
一篇小型的〈台灣現代童話發展史〉。劉勝雄將台灣現代童話分為三
期：啟蒙期（1946年~1971年）、鼓吹期（1971年~1991年）及多
樣期（1991年~2001年）。該文在敘述「多樣期」時，開頭即說：

　　台灣現代童話創作環境與變遷，這十年處在一個交流與質變
　　的多樣性階段。這十年，國內兒童文學市場受到國外出版品
　　的激勵、電腦資訊普及，及教育部積極推廣的閱讀運動、讀
　　書會，使得台灣的童書市場發展出嶄新的局面。又由於民國
　　七十年代中後期台灣內外環境，政治、經濟、文化教育、兩
　　岸政策出現了重大轉變，例如：民國七十六年七月戒嚴令解
　　除、八月大陸作家作品解禁、七十七年報禁解除，促使這十
　　年兩岸兒童文學界展開了密切交流，助長了華文童話的蓬勃
　　發展，為整個台灣童話界帶來新動力。這時期童話專論也出
　　現了（如：陳正治、林文寶、蔡尚志……等），童話專業作家
　　也逐漸展現功力（如管家琪、孫晴峰、張嘉驊……）；「好書

　　大家讀」、「時報開卷好書推薦」等專刊對童話書籍的推廣助
　　益極大；此期間台灣童話結合插畫行銷於國際（如郝廣才）；
　　知名的文學作家也跨入台灣現代童話領域（如黃春明、小
　　野……）。總之，對於台灣現代童話的發展而言，跟隨政策上
　　的「國際化」、「本土化」、「多元化」、「新人化」步入了質變
　　與量變的新階段。（劉勝雄，2001：48）

　　種種現象令人眼花撩亂，但劉勝雄的用意無非是想強調民國「七
十年代中後期」以來，台灣童話的繽紛燦爛。劉勝雄認為台灣童話
在一九九〇年代進入「質變與量變的新階段」，事實上與周惠玲的觀
察可說彼此呼應。

　　一九八六年到一九九六年，是鄭清文童話停滯、減產的十一年。
周惠玲（1988～1998）與劉勝雄（1991～2001）的論述雖與本論文
所指的這時期有年代上的出入，但重疊處頗多，仍有參考的價值。
而他們都認為，這段時期是台灣童話豐收的年代。

　　細心的讀者其實亦不難發現，周惠玲與劉勝雄舉例時，皆未提
到鄭清文。周惠玲主編《夢穀子，在天空之海──兒童文學童話選
集 1988～1998》共收錄四十五篇童話，但鄭清文再度缺席──上次
是在洪文瓊主編的《兒童文學童話選集》中缺席。停筆的鄭清文，
可說已被當時的兒童文學界徹底遺忘。

　　這十一年間，鄭清文雖未出版童話新書。但在一九九三年，《燕
心果》這本書卻有了新的命運。先是在二月，這本書由號角出版社
轉到自立晚報社出版。書中內容並未刪減，但李喬的「序」〈成長的

寓言〉移到書後變成「附錄」，插畫繪圖者也改為劉伯樂。鄭清文本人並加了一篇「後記」以誌新版，其中說到：

> 《燕心果》這本書，是於一九八五年三月，由「號角出版社」出版，已快八年了。……
>
> 這本書，因為出版較久，在市面上不容易找到，有朋友和讀者建議，並和號角商量再版事宜，號角原本答應加印，後因本身出版書籍較多，忙不過來，該社陳銘磻先生並慷慨將出版權讓出。這一點是應特別感謝的。（鄭清文，1993：185～186）

　　鄭清文對號角出版社感激有加，卻不知《燕心果》在出版後的八年間之所以未獲重視，與它「在市面上不容易找到」這件事有無相關？若有，則出版社對這本書的漫不經心恐怕難辭其咎。

　　另一件與《燕心果》有關的事，是一九九三年五月，岡崎郁子翻譯的《阿里山の神木》由日本「研究出版社」出版了。一般人以為《阿里山の神木》是《燕心果》的日文翻譯本，其實有誤。該書共收錄十五篇童話，其中十二篇出自《燕心果》，另有三篇至今仍未收錄在鄭清文的童話集內。這三篇分別是：〈蛇婆〉（日譯為〈ヘビ婆〉）、〈捉鬼記〉（日譯為〈孝行息子の亡霊退治〉）及〈鬼妻〉（日譯為〈亡霊妻〉）。

　　岡崎郁子除了是翻譯家，也是位研究台灣文學有成的專家。在這本譯本內，附錄有岡崎郁子對這十五篇童話的逐篇賞析。張桂娥在回顧日本華文兒童文學作品譯介概況時特別提到：

> 譯者（按：指岡崎郁子）十分負責地在書末撰寫了詳盡的解
> 說，針對每一篇作品的背景作精心的介紹與導讀。這種不因
> 兒童書而小覷讀者的嚴謹態度，遠遠超過一般兒童文學圖書
> 的製作水準，對其他翻譯童書而言，的確是一個非常值得借
> 鏡的編輯方式。（張桂娥，2001：236）

　　本論文對岡崎郁子的論點時有引用、補充及回應，詳見後文。

　　從童話界的角度看，鄭清文在這段時期是蟄伏的，而如今我們知
道，他其實並未放棄童話寫作。唯一該可惜的，或許是在一批批新銳
童話作家紛紛嶄露頭角的年代裡，鄭清文未能與他們有所對話吧。

第三節　《天燈・母親》時期（1997～2002）

　　一九九七年，鄭清文的長篇童話《天燈・母親》分六次（也就
是原書六章的順序）發表於《台灣日報・台灣副刊》。不過，並未立
即喚起兒童文學界的注視。原因之一在於，該六篇「童話」在發表
當時，是以「小說」的名義發表，且發表園地《台灣日報・台灣副
刊》並非兒童文學園地。而這本書也並未在發表之後立即出版。二
○○○年四月，《天燈・母親》與《燕心果》的第三個版本，一起由
玉山社同時出版。[1]

---

[1]　《天燈・母親》的插圖繪者是林之助。而這一版本的《燕心果》插圖仍是
　　劉伯樂，是將自立晚報社版的插圖剪裁、縮小，重新使用，並非重繪。

　　《天燈・母親》的六章依序分別是：〈春天・早晨・斑甲的叫聲〉、〈初夏・夜・火金姑〉、〈夏天・午後・紅蜻蜓〉、〈初秋・大水・水豆油〉、〈初冬・老牛・送行的隊伍〉及〈寒冬・天燈・母親〉。不難看出，這是一個完整的四季循環。

　　這篇童話寫的是一九六〇年代的台灣農村。全書的故事時間，發生在一年之內。主角之一阿旺又叫「十一指」，他的左手掌在大姆指外面多了一根指頭。另一位主角阿秀又叫「晚冬稻子」，因為她的身材瘦小得像晚冬稻子（一種鳥名）。阿秀比阿旺大兩歲，個性開朗而勇敢。阿旺由於有「十一指」，在學校受同學欺負，祇好輟學在家幫忙看牛。

　　重要的配角有兩個。一個是年齡不詳的大姑婆[2]，她是農村生活的活見證，扮演「智慧老人」（the old wise man）的角色。另一個是阿灶，是個淘氣的小孩，也是個孩子王。他什麼都會，會抓蛇、抓蜻蜓、釣青蛙、釣筍龜、烤草螟、哄牛相牴……等。後來他抓了一隻雨傘節，不慎被反咬一口，因此過世。所有小朋友都很懷念他。

　　阿旺和阿秀與田野裡所有生物——包括老牛、稻草人及各種蟲魚鳥獸等——都是好朋友。阿旺白天放牛吃草，晚上跑到母親墳墓所在的埔尾和母親的鬼魂見面。在村民決定裝設電燈，並且要在埔尾開闢一條大馬路的時候，阿旺也決定請醫生切除多餘的指頭，並打算回學校繼續唸書。而此時阿旺恰巧撿到一個天燈，可以超渡鬼魂昇天。再加上土地公的幫助，阿旺得以救援母親，讓母親脫離陰濕苦難的墳地。阿旺自己也藉此昇華長久以來對母親的思念。

---

[2]　「大姑婆不是更老嗎？現在已有一百歲了吧。」（見該書，頁 130）

　　這部長篇童話的特色之一，在於它詳盡地描述了一九六○年代的台灣農村風貌，藉由文字，鄭清文保存許多台灣農村日漸消失的生活細節。在這本書的「後記」中，鄭清文自承：

> 我出生的地方，是一個貧窮的農村。……
>
> 我感覺到，我的童年，我的故鄉已漸漸消失了。……
>
> 在台灣，能將農村生活的細節寫下來的人並不多。我用小說的方式，記下了一部分。
>
> 這一本童話，也是把描述的重點放在農村，放在我所熟悉的埔子及埔尾。由於文類的關係，其中穿插了不少想像的部分，但是鄉下的景色，農家的行事，大多是我親身經歷過的。……
>
> 時間是不斷流逝的。時間是抓不住的。把一個人的記憶紀錄下來，時間便停止了。……
>
> 我寫農村，並不只是我個人的記憶，它也是許多台灣人的共同記憶。我用童話的方式寫它，是希望更多的台灣人，能在較早的年齡接觸一些台灣的事和物。（鄭清文，2000c：208～209）

　　除了《天燈・母親》這部長篇童話外，這一時期鄭清文還發表了三篇短篇童話。不過這三篇童話，事實上也可算是兩篇。

　　先說〈祕雕魚〉這一篇。這篇童話分上、下兩期發表於一九九九年一月及二月號的《幼獅文藝》月刊。主角月英因為爬山從山崖摔下，脊椎骨受了重傷，無法再挺直。在她住院復健期間，男友離開了她。「屋外的小鳥和土蜂都飛到窗前來安慰她，魚缸裡的魚也叫她不要太悲哀。」在身心均受創的時日裡，她夢見過布袋戲裡的祕

雕。而她也發現魚缸裡有一條魚的脊椎受傷扭歪，像是條「祕雕魚」……。整篇小說，大致上即是月英心理（而非生理）療傷的過程。小說最後，月英將魚放生，這象徵著她自己也獲得新生。

〈祕雕魚〉具有幻想色彩，可以歸類為童話。但故事較為單薄，著重角色的心理分析，兒童閱讀起來或許不會太有趣。

至於另外兩篇，其實也是同一篇。最早它的篇名就叫〈童話〉，發表於一九九九年八月二十三日《自由時報・自由副刊》。這篇〈童話〉僅一千字左右，但同樣的故事，鄭清文重寫了一次，擴充到一萬餘字，篇名改為〈精靈猴〉，發表於二〇〇〇年四月的《文學台灣》季刊（春季號）。本論文第五章對這篇童話將有細論。

鄭清文以一部長篇童話「重返」兒童文學界，這當然是文壇的一件大事。配合《天燈・母親》（以及《燕心果》的第三個版本）的出版，出版該書的玉山社舉辦了一場「台灣兒童文學創作的願景」座談會。與會學者除了鄭清文本人，還包括李潼、許建崑以及為《天燈・母親》撰寫導讀專文〈論鄭清文的《天燈・母親》〉的陳玉玲[3]。

有一場座談會配合新書發表，並且有多篇相關書評陸續刊出，鄭清文的「復出」算是很風光了。不過諷刺的是，就在《天燈・母親》出版的前一個月，由行政院文化建設委員會主辦、國立台東師範學院兒童文學研究所承辦的「台灣（1945～1998）兒童文學一〇

---

[3] 陳玉玲〈論鄭清文的《天燈・母親》〉一文原名〈農村的烏托邦：鄭清文的童話空間〉，發表於《文學台灣》季刊第 31 期（1999 年 7 月，頁 207～228）。經作者修訂後，收錄於《天燈・母親》一書，成為該書「導讀」。本論文引用此文，以修訂版為準。

○」名單揭曉，共推薦一○二部台灣光復以來的兒童文學名作。細目並分成兒童故事、童話、小說、寓言、民間故事、兒歌、童詩、兒童戲劇、兒童散文及圖畫故事等十大類。其中童話類共有十五部，但鄭清文並未列名其中。

「台灣（1945～1998）兒童文學一○○」票選活動可說是台灣兒童文學史上最大規模的一次「清理史料／建立經典」的活動。鄭清文並未入選，這讓許多人無法接受[4]。

「台灣（1945～1998）兒童文學一○○」所選出的十五部童話依序是：

書名	作者	出版社	出版年月
小鴨鴨回家	林良	台灣省教育廳	1966.05
五彩筆	楊思諶	中華日報社	1966.3 五版
醜小鴨看家	林鍾隆	自印本	1966.08
無花城的春天	張水金	漢京文化公司	1979.12
小番鴨佳佳	嚴友梅	大作出版社	1980.01
童話列車（一至十五）	黃振輝等	錦標出版社	1982.10～1983.06
齒痕的秘密	朱秀芳	書評書目出版社	1984.09
∞的故事	孫晴峰	民生報社	1988.12

---

[4] 譬如中國時報記者陳文芬就寫了一篇〈台灣兒童文學選一百本也選不到鄭清文？〉，見中時電子報藝文出版專欄，2000 年 4 月 15 日。不過陳文芬之語有誇張之嫌，畢竟鄭清文寫的是童話，「台灣（1945～1998）兒童文學一○○」裡的童話類共選出十五部。持平之論，該說「台灣童話選十五本也選不到鄭清文？」才對。

口水龍	管家琪	民生報社	1991.07
水柳村的抱抱樹	李潼	天衛文化公司	1993.10
十四個窗口	林世仁	民生報社	1995.09
妖怪森林	劉思源	民生報社	1996.09
怪怪書怪怪讀（一）	張嘉驊	文經社	1997.02
西元 2903 年的一次飛行	卜京	民生報社	1998.03
一隻豬在網路上	方素珍	國語日報	1998.04

　　鄭清文的《燕心果》出版於一九八五年。若以這一年為界，則之前共有四十年，入選的童話僅佔七部。而之後的時間雖僅有十三年，卻入選了八部，超過一半。由此亦可證明童話在近年來的興盛。入選的八位作家——孫晴峰、管家琪、李潼、林世仁、劉思源、張嘉驊、卜京及方素珍——也均是這十幾年來統領台灣童話風騷的作家。[5]

---

[5] 這十五位童話作家中，至 2006 年為止已有碩士論文對之專論的包括林鍾隆（房瑞美〈林鍾隆童話作品研究〉，2001 年 12 月，台北市立師範學院應用語言文學研究所）、嚴友梅（張淑惠〈嚴友梅童話研究〉，2004 年 7 月，台東大學兒童文學研究所）、孫晴峰（陳惠如《〈小紅〉的異想世界：探索孩子內心構築的文本畫面》，2005 年 7 月，台東大學兒童文學研究所）、管家琪（林明憲〈幻想的遊戲——管家琪的童話研究〉，2002 年 6 月，屏東師範學院國民教育研究所）、林世仁（簡淑玲〈台灣現代童話中一塊異彩的嵌片——論林世仁的童話作品〉，2003 年 7 月，台東師範學院兒童文學研究所；黃百合〈《小紅帽》後設書寫研究〉，2004 年 6 月，台東大學兒童文學研究所；褚乃瑛〈林世仁童話研究〉，2006 年 9 月，台北教育大學語文教育研究所）及張嘉驊（周芳姿〈張嘉驊童話研究（1991～2000）〉，2005 年 6 月，台東大學兒童文學研究所）。此外，關於李潼的碩士論文如今已有十餘部，但都是討論他的少年小說，尚未有以他的童話為研究主題者。

　　誠然，像「台灣（1945～1998）兒童文學一○○」這種票選經典的活動，這幾年我們已見得太多，也都知道：沒有任何票選結果具有絕對的權威性。然而，這項活動的揭曉畢竟與鄭清文出版童話新作的時間太過接近，這使得「遺漏鄭清文」的疏失更加明顯。

　　戰後最具代表性的兩部「童話選」（洪文瓊主編、周惠玲主編）共選了九十七篇，鄭清文一篇也沒選上。而「台灣（1945～1998）兒童文學一○○」選了十五部童話，也遺漏了《燕心果》。相較於鄭清文的成就，兒童文學評論界給予這樣的評價，無論如何對鄭清文不公平。

　　更令人遺憾的是，兒童文學界的「行情指數」似乎也影響了學院裡的研究。前文提及的劉勝雄的碩士論文〈台灣現代童話研究〉就有這樣的弊病。在這篇論文中，提及鄭清文的部分事實上僅有這樣一句：「鄭清文在創作四十年中有《燕心果》、《天燈・母親》兩部童話集出版，並舉行『台灣兒童創作願景座談會』（按：應為『台灣兒童文學創作願景座談會』），與會者有許建崑、李潼……等兒童文學界重要人士。」（劉勝雄，2002：52）而查閱該論文最後的〈本論文引用「台灣現代童話研究」篇名、類型與主題一覽表〉，卻未見鄭清文的《燕心果》及《天燈・母親》在其中。換言之，這篇論文所研究的「台灣現代童話」，竟是不包括鄭清文在內的！

　　這篇論文的第八章〈結論〉第二節為〈台灣現代童話的願景〉，開頭即提出「開創台灣的時代精神」這一點。劉勝雄認為：

　　　台灣現代童話的創作者應該掌握住時代的脈動，在現實的生活環境中創造出屬於台灣孩子的優秀童話作品，當然其內容

並不排除傳統的民族主題、鄉土風俗，因為它們也是這個土地獨特的文學寶藏，但是我們使用傳統題材一定要有「創新」的觀點，傳統與現代的融合，正是時代的進步過程。正如同台灣文化精神的可貴即在於：不斷的吸收新的知識、消化新的知識，邁向進步。台灣現代童話作者也要有現代的眼光與抱負，重新去詮釋台灣文化的精神，為現代的台灣孩童寫童話。……

在空間上，台灣童話的耕耘者，必須以「本土情懷」為主幹，輔以其他精神為枝葉，來建立台灣童話的時代價值。……

台灣現代童話唯有落實本土，獲得自己族群的認同，才具有積極的意義。……

在時間上，台灣現代童話不能忽視現代化，台灣童話應該是現代化的作品，應該擺脫狐仙鬼魅或王子公主範疇。台灣現代作家更要從生活中取材，以台灣民間百態為基礎，配合豐富想像力來從事特色創發，要關心台灣兒童的集體經驗，喚醒台灣民族幼苗的生命力。（劉勝雄，2002：173～175）

　　這段文字鏗鏘有力，但未舉出任何實例來說明。本來，它說的是「願景」，不舉例其實也無可厚非──因為劉勝雄可能認為台灣童話家還沒寫出那樣的童話，所以他才有此「願景」，寄望於未來。然而筆者之見，劉勝雄這段文字完全可以當做鄭清文童話的註解！換言之，鄭清文童話，極可能是劉勝雄心中理想的台灣現代童話典型！

　　劉勝雄的情況，不由令人想起《文心雕龍・知音》所說的「東向而望，不見西牆」這句話。〈台灣現代童話研究〉題目龐大，洋洋

灑灑十幾萬字，但由於遺漏了台灣現代最重要的童話作家之一鄭清文的討論，令人對該篇論文的價值大打折扣。這對作者本人及兒童文學學界而言，都該是極大的遺憾！

第四節　《採桃記》時期（2003～2006）

二○○三年，鄭清文一年之內發表七篇童話，這七篇分別刊載在四個不同的媒體，依序是：

〈憨猴搬石頭〉、〈麗花園〉、〈鮕魚故鄉〉等三篇，同時發表二○○三年七月《文學台灣》季刊（夏季號）；

〈臭青龜子〉，發表於二○○三年七月十三日《自由時報‧自由副刊》；

〈金螞蟻〉，發表於二○○三年七月二十四～二十五日《中央日報‧中央副刊》；

〈蛇太祖媽〉、〈樹靈碑〉等二篇，發表於二○○三年十二月《聯合文學》月刊。

在這七篇童話發表時，大家都以為，鄭清文寫完一部長篇童話（《天燈‧母親》）後，又回頭寫短篇童話了。

那年筆者剛好接了一件任務，便是主編九歌出版社首屆的《年度童話選》。筆者和另外兩位小朋友組成編輯小組，共同挑選喜歡的童話。我們三人都很喜歡鄭清文，也對他一年之內發表七篇童話的成績感到佩服。兩位小朋友當時並不知道鄭清文是何許人，純粹是

就文章來論文章。[6]經過開會討論，我們決定將第一屆「年度童話獎」頒給鄭清文的〈臭青龜子〉。

　　《九十二年童話選》於二〇〇四年三月出版，鄭清文應邀在這本書前寫了一篇〈得獎感言〉，這時大家才知道，原來這七章並非毫無關聯，而是一部長篇裡的七章。鄭清文說：

> 我先寫小說，後來才寫童話。
>
> 起先，我寫短篇。我儘量取材於本土。我寫泥鰍、溪哥仔，我也寫茄苳、相思樹。這些短篇結集成《燕心果》。
>
> 我的第二本童話是長篇，叫《天燈‧母親》，是以我小時候的農村生活作題材。那是我很寶貴的記憶。
>
> 〈臭青龜子〉是我第三本童話《採桃記》的一段。
>
> 老師帶學生上山採桃子，遇上大雷雨，無法下來。他們在山上過夜，有些學生做了夢。本書分成十三段，有十二個夢。我把書中七個比較獨立完整的故事拿去發表，包括〈臭青龜子〉。（鄭清文，2004a：4）

　　林秀珍曾針對〈臭青龜子〉單獨一篇撰寫論文，譽為「說不完的故事」，並且特別強調鄭清文對於自然生態的關懷：

> 〈臭青龜子〉是鄭清文獲得九歌二〇〇三年童話文學獎的首獎作品。……故事內容敘述一個喜歡採集昆蟲的小朋友「傳志」走進森林中，遇到許多生物，並且發生不可思議的互動關係，進而了解到尊重生命、愛護環境的重要。……

6　關於「年度童話選」挑選兩位小朋友的制度的設計，在本文第三章續有討論。

這趟奇幻之旅，傳志所看到的是活潑的山林，充滿著旺盛生
命力和源源不絕的主體精神。它所傳達的意旨主要為三點：

（一）反省人類對山林的遺忘、破壞

（二）尊重和愛護生命

（三）與自然和諧的共處之道（林秀珍，2006：86～90）

　　《採桃記》全書共十三章，依序為〈雷雨〉、〈臭青龜子〉、〈憨
猴搬石頭〉、〈台灣黑熊〉、〈萬寶山〉、〈金螞蟻〉、〈樹靈碑〉、〈鮨魚
故鄉〉、〈蛇太祖媽〉、〈水晶宮〉、〈麗花園〉、〈魔神仔〉及〈雨後天
晴〉。這本書在二○○四年八月結集出版，出版社仍是玉山社，插圖
繪者是徐偉。至此，鄭清文的三部童話集集中在同一家出版社了。

　　《天燈‧母親》裡的阿旺與阿秀在《採桃記》裡再度登場。透
過夢境，阿旺知道母親「升天」之後過得很好（〈水晶宮〉）。

　　《採桃記》也有對社會現狀的回應。譬如〈麗花園〉，明顯是「立
法院」的諧音。花園裡眾羊翠了吃花、搶花而打架，不能不令人聯
想到立法院諸公爭搶麥克風的情形。

　　筆者曾撰寫《採桃記》的書評，對該書有這樣的評語：

　　《採桃記》是一部長篇童話，……長篇童話極少，這在國內
　　外都一樣。在近二十年的台灣新童話中，長篇童話也是較弱
　　的一環。因此，《採桃記》在形式上首先就令人驚喜。

　　而在內容來說，《採桃記》也令人目眩神迷。〈臭青龜子〉、〈憨
　　猴搬石頭〉、〈台灣黑熊〉、〈金螞蟻〉等，篇名上的蟲魚鳥獸
　　已預告書中豐富的自然生態。的確，蟲魚鳥獸在書中的精采
　　演出令人過目難忘；但自然生態之外，讀者不可忽略的，卻

是鄭清文意在言外的人文生態。舉例來說，〈憨猴搬石頭〉裡的猴王、指揮官、搬石頭的猴群，比對於政治上的獨裁者、官僚、老百姓，不是恰如其分嗎？〈麗花園〉裡那隻因為披狼皮太久終至變成狼的羊，難道沒有一點政治諷喻的意味嗎？同樣的，〈樹靈碑〉、〈蛇太祖媽〉、〈水晶宮〉、〈魔神仔〉等具有神秘色彩的篇章，其神秘色彩的作用也不僅在於「提供童話元素」而已。在〈魔神仔〉裡，貪吃的連元福在夢中飽享招待，醒來後已是該章尾聲，此時作者才慢條斯理說出：「台灣有一種傳說。在山野間，有一種小鬼，叫魔神仔。魔神仔喜歡惡作劇，不會蓄意害人。他在晚間出沒，把落單的人帶進迷宮裡，用牛糞和草蜢，當作米糕和雞腿，塞飽那個迷路的人。」（頁224）將民俗融入創作，作者的童話在「發明」的同時，也有了傳承的線索。這種向民間傳說靠攏的寫作路數，偏偏也是近二十年來台灣新童話的弱項。鄭清文在台灣當代童話的意義，因而又多了一層。

無可諱言，鄭清文樸素的文字風格，令人擔心是否能令兒童讀者喜愛。台灣當代童話十分花俏，童話作家為取悅兒童讀者，往往使出渾身解數，要讓童話有高度的「可讀性」。但鄭清文的童話卻不是這樣。這位資深小說家淡遠閒適的風格早有定論，他的童話並沒有失去個人特質。這是可貴的。而如果有人擔心這樣質樸的作品不能討好兒童讀者，我建議另以兩點來思考。第一，兒童的閱讀習慣不宜「一元化」，兒童嗜吃甜食，但甜食決不是主食。許多童話花俏有餘、內涵不足，而鄭清文的童話內涵豐富，讀過幾篇自會習慣作者的文筆，

讀後所得則是大多數「有趣」的童話所不及的。第二，童話
做為一種文類，該是老少咸宜。誰規定童話只供兒童閱讀？
誰又能說童話「只是」兒童文學？童話不只屬於兒童，也屬
於所有童心未泯或想尋回童心的成年人。鄭清文的童話極適
合成人讀者，這又是他與大多數當代童話家不同之處。（徐錦
成，2005b：66～67）

　　《採桃記》出版之後，《聯合報・讀書人版》、《中國時報・開卷
版》及《文訊雜誌》[7]都刊出書評。而二〇〇四年年底公佈的「《聯
合報・讀書人版》最佳童書獎」，《採桃記》也列名「讀物類推薦書
單」中。到了二〇〇五年，行政院新聞局「第二十四次推介中小學
生優良課外讀物」選入了這本書；「誰的城市誰的書：一書一桃園」
的初選書籍也包括《採桃記》（共有三十本書入選）；而它更獲得台
北市立圖書館主辦的「二〇〇四年好書大家讀年度最佳少年兒童讀
物獎」的榮耀。毫不誇張地說，《採桃記》是近兩年台灣文壇（不僅
是兒童文學界）最受矚目的一本童話集。這比起當年《燕心果》受
到的冷淡對待，簡直如天壤之別。而雖然沒有人明確說出，筆者卻
認為，《採桃記》所引起的迴響，應可視為文壇「還鄭清文童話一個
公道」的舉動。

---

[7]　《聯合報・讀書人版》的書評為凌拂〈純淨人的童話〉，刊登於 2004 年 8
月 29 日。《中國時報・開卷版》的書評為陳美桂〈一本純淨的人的童話〉，
刊登於 2004 年 9 月 12 日。《文訊雜誌》的書評為筆者所撰。

第五節　結語

　　事實上，鄭清文的文學旅程已近半世紀，但他在台灣成為文壇焦點人物，關鍵應是一九九八年六月麥田出版公司精心策劃出版一套七卷的「鄭清文短篇小說全集」（六卷短篇小說集，另加一卷「別卷」《鄭清文和他的文學》）這件事。

　　在《1998 台灣文學年鑑》裡的「特寫十位文學人」這一專欄中，胡衍南寫了一篇〈鄭清文：難得「轟動」的鄉土文學作家〉，開頭即說：

> 台灣的鄉土文學從賴和開始，一路傳承下來的作家包括楊逵、吳濁流、葉石濤、鍾肇政、李喬、黃春明、王禎和、陳映真等，每個人的文學成就和所享有的尊崇，從不像鄭清文一樣不成比例。四十年來，他的寫作始終不曾引起繁華的喧囂，但最常進入「爾雅」年度小說選的，卻也是他的作品。他總是兀自沉靜地寫著，即便目前甫從銀行退休，他仍打算適意穩當地寫下去。今年，麥田出版社鄭重刊出六卷本的《鄭清文短篇小說全集》，英文版的《三腳馬——鄭清文短篇小說選》也在稍晚由哥倫比亞大學出版，如果說這是他寫作歷程中難得掀起的「轟動」，恐怕也決不為過。（胡衍南，1999：203～204）

　　事實上「鄭清文短篇小說全集」的六卷小說集僅收錄六十八篇短篇小說，並非真正的全集。在這套書的作者「總序」〈偶然與必然——文學的形成〉一文中，鄭清文就承認「因為有出版社不同意刊

載權，所以只能放棄一些篇幅。」（鄭清文，1998a：18）而哥倫比亞大學出版（齊邦媛教授主編）的《三腳馬──鄭清文短篇小說選》，則在一九九九年為鄭清文獲得「桐山環太平洋書卷獎」。

　　若觀察學院中的研究，我們也發現，第一篇以鄭清文為研究對象的碩士論文出現在一九九九年（詹家觀〈鄭清文小說中的社會變遷〉，政治大學中國文學系），亦是在一九九八年「鄭清文短篇小說全集」出版之後。

　　回到童話上來說，情況也一樣。設若鄭清文未曾寫出《天燈‧母親》及《採桃記》，則他的《燕心果》所受的對待，不正像胡衍南所說的「不成比例」嗎？

　　我們也不得不佩服岡崎郁子這位日本學者的慧眼獨具，因為早在一九九三年之前，她已經相中鄭清文的童話，將之翻譯成日文在日本出版。台灣兒童文學界的學者相較於岡崎郁子，實在是後知後覺。

　　幸好，最近兩年鄭清文終於獲得他遲來的肯定。繼二○○五年七月他獲得「國家文藝獎」之後，二○○六年五月二十七、二十八日，國立中正大學台灣文學研究所並為他召開了「鄭清文國際學術研討會」。會中共發表論文十九篇，其中五篇談他的作品的翻譯狀況、十篇論他的小說；以及四篇關於鄭清文童話的討論。這四篇分別是：

　　Terence C. Russell 的〈紅龜粿：鄭清文在鬼世界的正義使者〉；

　　許建崑的〈童心、原創與鄉土：鄭清文的童話圖譜〉；

　　岡崎郁子的〈鄭清文的創作童話──從孤兒意識與生態保護的觀點論起〉；

　　徐錦成的〈重探鄭清文童話的爭議──以「幻想性」、「兒童性」為討論中心〉。

　　該研討會的召開，無疑有助於鄭清文作品的再定位。僅就童話而言，我們也相信，鄭清文的童話是台灣兒童文學的瑰寶，值得重新發掘它的新意義！

第參章　成人童話

——鄭清文童話的爭議焦點

第一節　從「『成人文學』與兒童文學二分」談起

　　儘管如今鄭清文的「童話家」身份受到廣泛認同，他至今的三本童話集也獲得高度評價，但回首過去，可以發現鄭清文不是一開始寫童話就被兒童文學界接受。曾經有一段不短的年月，鄭清文第一部童話《燕心果》沒有兒童文學評論家撰文討論；甚至直到二〇〇〇年四月鄭清文第二部童話集《天燈‧母親》出版時，仍有些許批判的聲音來自兒童文學界。

　　如今已是二〇〇六年，鄭清文已出版三本童話集。二〇〇四年八月鄭清文所出版的第三本《採桃記》獲得的迴響全是正面的，似乎沒有人再會懷疑鄭清文的童話了。然則，是鄭清文的童話風格變了嗎？（他終於寫出讓兒童文學界認同的童話了嗎？）或者，是大家願意調整既有的童話觀念，以致於樂於接受鄭清文的童話呢？

　　回顧鄭清文童話在兒童文學界所引起的爭議，我們發現，最大的爭議點在於：鄭清文始終不認為他的童話只是兒童文學，他希望自己的童話老少咸宜。卻不料，兒童文學界對那些不專「為兒童而寫」的作品原本就有所遲疑。

　　反省鄭清文童話逐漸在兒童文學界受矚目的歷程，不僅有助於釐清鄭清文童話的相關問題，對兒童文學界更具有參考意義。因為這裡牽涉的幾個問題，有些是鄭清文個人特殊的問題，但更大部分，則是兒童文學界的普遍性問題。

　　「日本文壇有一傳統『習慣』，作家在歸隱封筆之前，一定要為兒童們寫一本書，算是對所屬族群社會的一份回饋。」（李喬，1985：5～6）──這句話是從李喬為鄭清文《燕心果》所寫的「序」〈成長的寓言〉裡摘錄出來的。而這句話一方面是對鄭清文的讚許，另一方面也是李喬自我的感慨。李喬當時或許也沒想到，當時剛出版第一本童話集的鄭清文還意猶未盡，日後持續有第二本、第三本的出現。

　　李喬的感慨不是沒來由的，放眼台灣文壇──不！那範圍太大了，讓我們把範圍縮小一點，只看看鄭清文那一代的小說作家吧。除了鄭清文本人，能挪出手來寫兒童文學的作家大概就只有黃春明[1]而已。七等生、王文興、白先勇、施叔青、馬森、陳映真、劉大任（以上依姓氏排列）……等，尚未為兒童寫書的作家還有一大堆呢！並且，李喬在感慨之餘，也未能身體力行，至今仍只能對鄭清文的童話「除敬佩與高興之外，祇有濃濃的羨慕罷了」（李喬，1985：6）。

　　事實上，李喬那句話是頗可商榷的。他所謂的「作家」，顯然是指那些從未為兒童寫書的作家，也就是「非兒童文學」作家；而兒童文學作家對他來說，並非作家。潛意識裡，他將文壇劃分為「成人文學界」與「兒童文學界」；寫「成人文學」的，叫做「作家」，

---

[1]　黃春明著有繪本多部，也畫漫畫；並主持黃大魚兒童劇團，對兒童戲劇頗有貢獻。

但這「作家」頭銜，不適用於寫兒童文學的人。(或許，李喬會稱寫兒童文學的人為「兒童文學作家」吧！)這當然是寫「成人文學」的作家的沙文主義作祟，不知不覺間把兒童文學在文壇邊緣化了。[2]

在台灣文壇，有李喬那樣觀念的人不在少數。這樣的偏見幾乎是約定俗成的。童話屬於兒童文學，不是「成人文學」的範疇。「成人文學」作家肯為兒童寫點東西，是一樁美談。但有趣的是，卻從沒聽過兒童文學界有人提出：「一個兒童文學作家在歸隱封筆之前，一定要為成年人寫一本書，算是對曾經是孩童(也就是最主要的兒童文學讀者)的大人們長大之後的一種祝福。」

童話是否一定無法進入「成人文學」的範疇？也有人表示未必如此。中國大陸兒童文學學者韋葦在他的《世界童話史》裡曾說：

> 童話應是大文學圈裡的，而不只是兒童文學一個品種。約翰‧托爾金教授的一千五百頁的《指環王》(按：台灣譯為《魔戒》)，是嚴格按童話規則創造出來的文學精華，然而很難說作者創作它的原意是為兒童，提供兒童閱讀的。它只是托爾金採取童話體式，以外現他對漫長的人類歷史的領悟、體認和思考。童話創作只不過是托爾金的文學行為方式而已。
> 把童話歸於大文學圈想來要更合理。須知童話中有數量相當多的一批精品是成人文學作家創造的。這對於童話藝術品位

---

[2] 李喬日後又為鄭清文的《採桃記》寫「序」，「序」中他說：「鄭清文先生除了『小說名家』頭銜外，『童話創作家』成了他的副銜。」(李喬，2004：5)頭銜既有正、副之別，地位當然就不一樣。可見直到2004年，李喬對兒童文學的偏見仍然存在。較客觀的說法應是如趙天儀在〈我看《燕心果》〉一文中所說的：「《燕心果》出版以後，鄭清文不只是一位小說家，而且是一位童話家了。」(趙天儀，2000：37)

的提高和童話文學的發展，具有不容小視的意義。成人作家
把他們深邃的思想和成熟的藝術帶入了童話，同時也給童話
帶來表現空間的拓展和表現疆域的擴大，帶來鬱鬱蔥蔥的新
穎意味。日本天才童話作家新美南吉就明確說過：「我向來主
張童話作家首先必須是成人文學的作家，而成人文學的作家
首先必須是一個卓越的、具有各種常識的人。」反過來，童
話作家中佼佼者的作品，也會被成人文學匯入自己的成績。
（韋葦，1995：22）

　　無可諱言，韋葦是站在一位兒童文學研究者的位置說出這番話
的。這樣的說法如果來自「成人文學界」，力道一定更強。然而事實
是：極少有專研「成人文學」的學者也對兒童文學持續關懷。因此，
韋葦這樣的講法是否過度樂觀，恐怕還必須檢驗。

　　話說回來，鄭清文在還沒開始寫童話時，對兒童文學界而言確
實是個「局外人」[3]。一九八五年三月他出版第一部童話集《燕心果》
時，即使他已經是知名的小說家、即使這本書的確寫得不錯，卻並
未立即獲得兒童文學界全面性的肯定。如果童話確實是兒童文學專
屬的文類，則兒童文學界對鄭清文的童話有所疑慮，或許難脫門戶
之見之嫌。然而若這樣解釋，不僅對兒童文學界不敬，也把問題看
得太簡單了。

　　追根究柢，鄭清文的確並非寫童話出身的作家，他在中年之後
開始寫童話，之前的「專業訓練」全來自於他寫（成人）小說的經
驗。他寫出的童話，自然而然帶有其小說家的底色，有別於「專業」

---

[3]　〈局外人〉是鄭清文的一篇小說的篇名，今借用之。

的童話家寫出來的「純淨的」童話[4]。而他這種「偏格」的童話作品，無論內容、風格都與童話界的主流作品有異，甚至頗有碰觸兒童文學敏感神經之處。兒童文學評論界對之一時無法反應，也就其來有自了。

第二節　《燕心果》：一部「不純淨」的童話集

鄭清文的第一本童話集《燕心果》出版於一九八五年三月，收錄十九篇作品，其中寫得最早的幾篇，發表日期可以追溯到一九七八年，如〈鬼姑娘〉、〈紅龜粿〉等。而如果我們對照一九九三年岡崎郁子所翻譯的《阿里山の神木》，甚至可發現〈蛇婆〉、〈捉鬼記〉等一九七七年間發表的作品。原來，早在一九七七年，鄭清文已經開始寫童話了。

當然，以上的陳述不過是在追溯鄭清文個人童話寫作年表的起點。事實上我們必須承認，一九七七年到一九八五年間，台灣兒童文學界並未對鄭清文童話做過任何討論。也就是說，直到一九八五年三月之前，還沒有人認為鄭清文是童話家。

鄭清文童話開始對兒童文學界起作用，是在《燕心果》首次出版之後。在號角出版社的《燕心果》——也就是《燕心果》的最初版本——的封底，有一段文字對這本書加以簡介。它是這樣寫的：

> 這是作者的第一本小小說，透過擬人化的故事創作，作者藉
> 助一群人之外的動物，闡述他心中的情，以及對人性的態度；

---

[4]　李喬曾說：「《燕心果》是小說家的童話，《天燈・母親》是文學家的童話，《採桃記》是純淨的人的童話。」（李喬，2004：5～6）

　　他生動的文字，貼切的暗喻，在在流露無比感人的至情至性，
孩童、青年、中年的人都該還元本性，用童心來讀本書。

　　歷來對於《燕心果》的討論，從未有引用這段文字者。推測起
來，也許是這段文字出自誰手難以判斷吧？這段文字可能為鄭清文
本人所寫，也可能是出自號角出版社文字編輯的手筆，更可能是雙
方溝通過後的產物。但不管如何仍需查證。如果論者能確定這段文
字的出處，或許就會有人願意引用來做評論依據吧？討論《燕心果》
而不理會這段文字，其實比較「省事」。

　　然而筆者引用這段文字，卻非經過查證才下筆。依照傑哈‧簡
奈特（Gérard Genette，1930-）的說法，一部完整的作品，是連出現
在封底或封面的廣告文案、推薦語、他人所寫的「序」或推薦文字、
收錄在內頁的報章導讀或書評，甚至封面、版型、色彩設計等視覺
圖像等「側文本」（paratext）都包括在內的。因為一位讀者拿到一
本書，不是僅有文本內容對他（或她）發生作用，任何在書上出現
的隻字片語、甚至符號圖案都參與了這本書的構成。（G. Genette，
1991：88～91）若照此說，「側文本」的「作者」雖不必然是該書的
文本作者本人，卻無礙於將之視為作品的一部份。「側文本」有助於
讀者對文本的理解與詮釋，如果我們放棄對「側文本」的討論，無
疑難窺一部作品的「全貌」。回到鄭清文這本書來談，以往的論者之
所以對這段文字視而不見，或許並不是因為他們看不到，也可能是
因為他們不同意；而另一個可能，則是他們未想過借用簡奈特之說
來討論它。

　　首先，這段文字把這本書定位為「小小說」，就是個極大的錯誤。「小小說」又可稱為「極短篇」（在台灣的普遍用法）或「微型小說」（在中國大陸的普遍用法），但不管是用哪個名稱，都是指篇幅很短很短的短篇小說。[5]至於篇幅必須多短？並無公定的標準，一千字、一千兩百字或一千五百字都是它可能的界限，尺寸長短存乎論者一心。張春榮曾整理各家學說，認為：

> 極短篇字數，一般限定多以一千五百字為宜。……歷來言及極短篇的上限，有主張『不超過二千字』者。……極短篇的下限，不必斤斤計較，畢竟字數的『極短』，只是『形式』而已。（張春榮，1999：6～9）

　　無論如何，「小小說」和「童話」並非同一文類，是我們必須先釐清的。

　　審視《燕心果》的十九篇作品，僅有首篇〈荔枝樹〉符合「小小說」的說法。它是全書篇幅最短的一篇，寫的是：相鄰的林家和李家，在兩家相連接的空地上有一棵高大的荔枝樹。原本荔枝是由兩家平分，可是有一年荔枝還沒有完全成熟的時候，林家的小孩阿昌就先偷爬上荔枝樹，摘下一大把荔枝。這件事剛好被李家的孩子阿旺看到，他不甘示弱也爬上荔枝樹，摘下更大的一把。兩個小孩告訴了兩家的大人之後，兩家的大人都跑出來，爭先恐後摘荔枝。

---

[5]　張春榮認為：「『極短篇』（Short Short Story, Stoiette, Vignette）又稱『小小說』（如中華日報、中央日報、基督教論壇等一向用此名稱）、『微型小說』（Microstory, Tiny Story。大陸習慣用法）、『掌中小說』（「掌の小說」日本通稱）、「袖珍小說」、「瞬間小說」（Sudden Foction）、「迷你小說」（Mini Fiction）等，均為同一文體的不同稱呼。」（張春榮，1999：2）

原本兩家平分的約定因此就破壞了。過程中阿昌和阿旺還因故在樹上打起架，兩人扭在一起從樹上掉下來，結果一個摔斷手、一個摔斷腿。兩家人互相責怪，最後連大人也打起架，後來更遷怒那棵荔枝樹，竟把它鋸掉，並在中間砌了一道高高的土牆，決定不再來往。春去秋來，有一天，阿昌來到土牆下，想起那棵荔枝樹，現在只剩下一個殘株留在那裡，被土牆重重壓著。阿昌用手撥開土壤，竟看到荔枝樹的根，於是他好奇地挖下去，挖了老半天，忽然發現牆根另一頭也有挖土的聲音，原來是阿旺也正在挖牆根。最後他們把牆根挖通。從此，阿旺與阿昌每天都來到牆底下聊天。又有一天，兩人發現牆腳下的殘株長出了新芽。兩家同意在牆下挖一個大洞，讓新芽能充分成長。繼而更決定把土牆整個挖掉。挖掉土牆之後，兩家的情誼又恢復了。荔枝樹經過移枝，「順利的話，兩三年後，就可能會有新的荔枝可摘了。」

　　這篇作品發表於一九七九年二月的《幼獅少年》，算是這本書裡比較早期的一篇，但並非最早的一篇。置於首篇，應非考量寫作順序的關係。而它不到一千五百字，且是寫實性質，明顯缺少童話四個基本構成要素裡的「幻想性」，稱為「小小說」應無疑義，但稱為「童話」就不妥了。

　　至於其他十八篇，都非寫實性質（也就是帶有幻想成分），且大多數篇幅也過長，不宜再將之視為「小小說」了。

　　假設一位毫無準備的讀者開始讀這本書，當他讀了第一篇〈荔枝樹〉，一定會以為他正在看一本小說或「小小說」，無論如何不會想到「童話」。但如果他繼續往下讀，就會對封底的說法──「這是

作者的第一本小小說」——開始起疑。封底的文字，事實上誤導了
尚未讀此書的讀者對這本書的第一印象。

　　再來看《燕心果》另一篇重要的「側文本」，那就是李喬為這本
書所寫的「序」〈成長的寓言〉一文。這篇序文不短，計有六頁，近
三千字，在此無法全文抄錄。但多年之後，《燕心果》的第三個版本
玉山社版的封底，卻摘錄了這篇序裡的一段。而這段置於封底的文
字，當然與前述所引的號角版的封底文字具有同樣的「功能」。讓我
們一起看看這段文字吧：

> 收錄在《燕心果》集中的童話計有十九篇……這些童話，全
> 是含有族群特色的現代寓言。
>
> 由於作者長於小說技巧，所以這些童話形式達到了「小說底」
> 嚴密結構；由於作者的文學是植根於鄉土的、生活現實的，
> 所以發而為童話，乃能呈現族群生活與文化的特色；由於作
> 者擁有純淨童心，而又深悉發展心理的原理，因而他能「保
> 持」童話形式的完整性；而又由於作者深入人性的本然，又
> 能淺出人間的真實，遂能提昇童話的主題，臻達寓言的境界，
> 而且是與生活經驗氣息相連的現代寓言。

　　這段文字來自一篇序文，不是論文。按理說，若論點不夠周全也
無可厚非，因為序文自有它「非學術」的考量在內。在此先聲明，筆
者雖然必須以學術角度對這篇序文加以批判，但心裡其實很不願意。
　　言歸正傳，這篇序文最大的毛病，就是它將三種文類打了結。
這三種文類是：童話、小說及寓言。它說「收錄在《燕心果》集中

的童話計有十九篇」，然而依據前文分析，至少〈荔枝樹〉一篇是無
法認定為童話的。而它又說「這些童話，全是含有族群特色的現代
寓言。」這是把童話跟寓言兩種文類混淆了。筆者推斷，李喬的意
思應是「這些童話具有寓言的色彩」──如果這樣說，或許就較能
讓人接受吧。

　　所謂寓言，若視為故事體的一種，則跟小說、童話的位階應該
是一樣的。但既然三者都是講故事，則寓言的特性何在？答案就在
「寓意的存在，及其展現的設計」。寓言一定有寓意，且寓意必須明
顯、單純。沒有寓意的故事稱不上寓言。一旦寓意模糊、不明確，
那就不是好寓言。此外，一個故事若可以解析出多種寓意（換言之，
缺乏一個強而有力的中心寓意），那也不是好寓言。

　　寓言的篇幅一般都很短，因為寓言的價值在其寓意，它的情節
安排，都是為了達到「展現寓意」這個目的。故事若說得太長，焦
點往往就模糊了。即使原先作者設定的寓意還在，但隨著情節的鋪
陳，很多「次要寓意」會一一浮現，甚至有喧賓奪主之虞，這不是
好寓言的寫法。寓言罕見長篇，原因在此。[6]

　　回到《燕心果》一書來看，也只有〈荔枝樹〉一篇可視為寓言
（當然，它也可視為一篇小說或「小小說」，這點前文已述）。它的
寓意是：相親相愛的鄰居不要為了細故而破壞了長久的情誼。至於
其他篇，都離寓言的形式、精神甚遠。無可諱言，這跟篇幅長短也
有關係──除了〈荔枝樹〉，其他十八篇做為寓言都太長了！其他

---

[6]　以上對於寓言的看法，主要參考洪志明碩士論文〈隱藏與揭露──寓言的
　　寫作技巧研究〉。

篇，都離寓言的形式、精神甚遠。無可諱言，這跟篇幅長短也有關係——除了〈荔枝樹〉，其他十八篇做為寓言都太長了！

至於李喬說《燕心果》「能提升童話的主題，臻達寓言的境界」，字面上的意思似乎是認為寓言的層次比童話更高（童話「提升」之後才會達到寓言的境界），但他在此所指的「寓言」，也可能不是指寓言這一文類，而是將它廣義使用，重點在強調「寓意」的有無。

從上面所提的兩段依附在《燕心果》一書的「側文本」來看，鄭清文的「童話」一出手就遭遇到清楚定位的困難。事實上，如果鄭清文及號角出版社願意一開始就大方承認《燕心果》是本「小說與童話的合集」，也許日後引發的相關問題就都不存在了。

不過歷史畢竟不可逆轉。《燕心果》出版後不久，即有書評對它討論，那就是郭明福在所寫的〈豆棚瓜架下的純真——試談《燕心果》〉一文。該文首段開宗明義即說：「鄭清文是一流的小說家，……鄭清文童話體的小說集《燕心果》出版，意義頗不尋常。」（郭明福，1985：66）顯而易見，郭明福創造了「童話體的小說集」一詞，企圖調解《燕心果》摻雜小說與童話這個事實。將兩種文體接枝，表面上解決了問題，但「童話體的小說集」究竟是何物？又是一個新問題。遺憾的是，郭明福此文並未針對這點再加著墨。[7]

---

[7] 何慧倫的〈鄭清文童話研究〉一文，以蔡尚志的「小說童話」的觀念解析鄭清文童話，可說與郭明福遙相呼應。但「小說童話」畢竟尚未成為評論界共識，何慧倫之說若無法被普遍接受，其因應在此。

　　到此為止，我們可發現，儘管《燕心果》在文體上並不統一，但論者仍願意給予良好評價[8]，這毋寧是可喜的。只是我們也發現，還沒有任何評論說出《燕心果》其實不是「純粹的童話集」的事實。

　　對於鄭清文「童話」的純粹度表示疑惑的，岡崎郁子應是第一位。

　　一九九三年五月，岡崎郁子翻譯的《阿里山の神木》出版了，該書共收錄十五篇童話，其中十二篇出自《燕心果》（換言之，《燕心果》裡有七篇並未讓岡崎郁子相中）；而另有三篇是鄭清文發表在報紙及雜誌上但尚未結集出書的作品。岡崎郁子自道，她選擇翻譯作品的基準是：「避免教訓性的故事，把童話放在孕育在台灣這塊大地上，飄盪著台灣香味的，描述普遍的愛的作品。」（岡崎郁子，1997：267）

　　岡崎郁子不僅是位翻譯家，也是位研究台灣文學有成的學者。那篇「小小說」〈荔枝樹〉並未收錄在《阿里山の神木》一書裡，不能不歸功於譯者的眼光──這使得《阿里山の神木》成為比中文版《燕心果》更「純粹」的童話集。

　　岡崎郁子在《阿里山の神木》末尾附錄了一篇精采的解說〈予台灣文學以童話的新風──鄭清文的世界〉，又在書出版幾個月後發表了〈從台灣創作童話可以看出來的東西〉一文。這兩篇文章日後合而為一，成為《台灣文學──異端的系譜》一書的第五章〈鄭清文──為台灣文學啟開創作的新頁〉。至今，這篇文章仍是研究鄭清文童話極具參考價值的文章。

8　除李喬及郭明福外，張程鈞、野渡及趙天儀等人均撰有《燕心果》的書評，
　　評價都是肯定的。

　　相較於李喬及郭明福對鄭清文「童話」文類歸屬的糾纏不清，岡崎郁子很明確地將她所翻譯的十五篇作品分為兩類。她說：

> 十五篇之中，有十篇可說是動物寓言，帶有伊索寓言的韻味，之外，卻又隱藏著政治批判和環境問題的揶揄。……其餘的五篇作品，是描寫台灣人的民間傳奇故事。」（岡崎郁子，1997：251～252）

　　或曰：「岡崎郁子所說的兩類──寓言與民間傳奇故事──都不是童話，則她何以仍說鄭清文寫童話？」然而細讀岡崎郁子的文章，便發現她對這兩種文類皆有引申。那十篇「動物寓言」，她也稱為「動物童話」，又以三頁篇幅爬梳「台灣民間故事和鄭清文的童話」的關係。（岡崎郁子，1997：248～250）

　　歸納岡崎郁子之說，則這十五篇作品分別是：

　　動物童話（十篇）：〈燕心果〉、〈鹿角神木〉（日譯將篇名改成〈阿里山の神木〉）、〈泥鰍和溪哥仔〉、〈蜂鳥的眼淚〉、〈松鼠的尾巴〉、〈白沙灘上的琴聲〉、〈火雞密使〉、〈夜襲火雞城〉、〈斑馬〉及〈石頭王〉。

　　民間故事改寫（五篇）：〈紅龜粿〉、〈蛇婆〉、〈捉鬼記〉、〈鬼妻〉及〈鬼姑娘〉。

　　岡崎郁子將鄭清文童話一分為二的說法，影響日後討論鄭清文童話者甚著。邱子寧的碩士論文〈鄭清文作品中的童年敘事〉便將《燕心果》裡的十九篇作品分為三類：

　　一、民間傳說改寫的故事：〈紅龜粿〉、〈捉鬼記〉及〈鬼姑娘〉。

　　二、生活故事：〈荔枝樹〉及〈十二支鉛筆〉。

　　三、擬人化動物故事:〈燕心果〉、〈蜂鳥的眼淚〉、〈麻雀築巢〉、〈鹿角神木〉、〈松雞王〉、〈松鼠的尾巴〉、〈泥鰍和溪哥仔〉、〈飛傘〉、〈斑馬〉、〈火雞密使〉、〈夜襲火雞城〉、〈生蛋比賽〉、〈恐龍的末日〉、〈白沙灘上的琴聲〉及〈石頭王〉等十五篇。(邱子寧,2001:113~141) [9]

　　事實上這樣的分法並不脫岡崎郁子的說法,因為岡崎郁子翻譯的《阿里山の神木》十五篇裡,並未收錄〈荔枝樹〉及〈十二支鉛筆〉這兩篇邱子寧所謂的「生活故事」。

　　對於邱子寧的分類,筆者有不同的意見。如果筆者來分類,則粗略來分,筆者會說《燕心果》裡的十九篇,是一篇小說,加上十八篇童話。那篇唯一的小說便是〈荔枝樹〉,因為它缺乏童話所要求的「幻想性」。說「粗略」來分,是因為僅以「幻想性」為考量,而不涉及童話的另三種特性。但無論把童話的範疇放得再寬,也無法將毫無「幻想性」的〈荔枝樹〉納入。

　　而若細分,則那十八篇「童話」可再分出兩篇具有民間傳說色彩的童話──〈鬼姑娘〉及〈紅龜粿〉。恰巧地,這兩篇也都是所謂「鬼故事」。至於另外十六篇,除了一篇〈十二支鉛筆〉以鉛筆做主角外,其餘十五篇都以動物做主角,可稱為「動物童話」。

　　童話與民間傳說的密切關係,前賢已有定論。[10]簡言之,民間傳說有一部分是童話,而童話中也有一部分作品是民間傳說。現代童話又稱創作童話,意味著創作來源本於作家自身的創意,而非民

---

[9]　〈捉鬼記〉並未收錄在《燕心果》裡,但邱子寧論文論及此篇。

[10]　關於「童話的起源」的較完整的論述可參考洪汛濤《童話學》第一章〈古代的童話〉第二節〈童話的起源論〉,頁225~234。

間傳說的採集改寫。但事實上，民間傳說的持續改寫直到現代仍有之。鄭清文自承：「觀察世界各國的童話作品，可分為二類，一是經過整理重寫，一是由作者自行創作的。關於整理重寫，已有別人在做，因為我是一個寫小說的人，我的作品，是以創作為主。」（鄭清文，1993：185）鄭清文毋寧是想強調，那幾篇岡崎郁子所謂的「民間故事改寫」即使有所本，改寫的幅度還是很大，不僅止於「有聞照錄」的層次。而岡崎郁子也認為鄭清文的童話「雖然寫得像民間故事，卻超越了民間故事的領域，而把創造性完全發揮出來。」（岡崎郁子，1997：244）

　　邱子寧認為〈荔枝樹〉及〈十二支鉛筆〉均屬於「生活故事」。前者筆者可妥協，〈荔枝樹〉是源自生活的小小說，說是「生活故事」未嘗不可。但〈十二支鉛筆〉以鉛筆為敘事者，已是擬人化的技巧。若要說是「生活故事」，也應是鉛筆的生活故事。但我們知道，「生活故事」做為一種文類，寫的應是人類的家常；至於鉛筆的身世，還是算作「童話」來得合理一點。

　　對於鄭清文《燕心果》童話文類歸屬的困惑，在學術上經過討論，基本上可以獲得解決。但筆者要提醒的是，學術上的解決並無助於一般讀者的認識。目前《燕心果》在台灣的流通版本玉山社版，仍是以「鄭清文童話」做為封面招牌[11]，而封底文字、內頁裡李喬的「原序」及鄭清文的兩篇「後記」，都未曾面對《燕心果》其實是

---

[11] 在玉山社出版的《燕心果》、《天燈・母親》及《採桃記》的封面上，均有「鄭清文童話」的字樣。

一部「不純淨」的童話集這個事實。這樣的處理方式，從學術的角度當然無法苟同；但在商業上，或許答案並非如此。

　　筆者有時會想，如果《燕心果》從未收錄〈荔枝樹〉一文，則該書會成為更純粹的童話集，獲得的評價或許也會因而不同吧？

第三節　「童年消逝」年代的童話「兒童性」

　　上一節的討論，僅針對《燕心果》一書的文體歸屬來談，對《燕心果》內容的文本分析甚少，也並未觸及《天燈‧母親》及《採桃記》二書。之所以未談《天燈‧母親》及《採桃記》，是因為它們都是長篇童話，不會有《燕心果》內夾雜小說（或生活故事）的情況出現。

　　然而，鄭清文「童話」常受人議論之處，除了「是不是童話？」，還有「適不適合兒童？」這一點。這一節，我們就來談談這個問題。

　　早在關於《燕心果》的第一篇評論文字——李喬為鄭清文《燕心果》所寫的「序」〈成長的寓言〉中，李喬便已對鄭清文童話「是否適合兒童欣賞」這一點提出疑問。他是如此自問自答的：

　　　「鄭清文童話」的過人處，也許正是其失著。那就是，那複
　　雜的結構，深奧的旨趣，恐怕懸之太高，封之過密，一般兒
　　童難以理解吸收？不過，深思之，那又未必盡然……一、筆
　　者由於近年教授中小學生作文的實際經驗發覺：現在的中小

學生，對於作品意義的捕捉能力，確確實實比「我們這一輩人」強過多多。二、這些童話的故事性極強，這份故事性的吸引下，少年學生將會一讀再讀，慢慢咀嚼，這樣「意義」就會慢慢浮現了。三、這些故事，太感人──像〈鬼姑娘〉、〈燕心果〉、〈鹿角神木〉的愛，任誰都會一讀一流淚，再讀淚雙流──感動本身，就是情操陶冶之始；讀懂故事容易，所以感動流淚不難。然則，到此地步，已然是一種「課程目標」了。四、鄭先生說過：這些童話是寫給少青年看的，中老年也適合的。（李喬，1985：5）

李喬在提出這四點解釋之後，對這個問題下了「然則，又還有什麼疑慮呢？」（李喬，1985：5）的結論，全面肯定了鄭清文的童話。

然而，疑慮畢竟仍然存在。李喬認為中小學生的語言能力不容小覷；又說多讀幾遍自能體會出意義；繼而認為這些故事很感人，有陶冶性情的功能；最後乾脆引鄭清文之說，說作者自認為這些童話是為兒童所寫，且成人也可看。從這四點，可看出李喬為鄭清文辯護的善意。但以上四點並不足以服人。其中第二點可說是第一點的補充；而第三點如李喬自己也承認的，已是「課程目標」的問題。故這四點其實也就只有兩點可談。第一，李喬認為中小學生可以讀懂鄭清文；若初次讀有困難，可一讀再讀，慢慢就能領會；第二，鄭清文童話是為兒童而寫，但也適合成人。

歷來對鄭清文的童話「適不適合兒童」的討論，說起來也正是在這兩點上糾纏不清。請容筆者先再談談其他論者的觀點，最後一併討論之。

　　郭明福的書評〈豆棚瓜架下的純真──試談《燕心果》〉也對鄭清文童話「適不適合兒童」給予肯定的答案。但他舉的例證非常矛盾。他說：「鄭清文的《燕心果》我仔細閱讀之後，再轉述給我的學生聽，觀察他們的反應，我斷定這是一本能夠吸引中國兒童的書。」（郭明福，1985：67）這樣的說法不禁令我們懷疑：到底郭明福的學生有沒有看過《燕心果》？因為如果一本書必須經過教師的轉述，才能讓學生接受，那絕對不會是一本「適合兒童欣賞」的書。郭明福想為《燕心果》說話，但他的話卻成了反證。

　　岡崎郁子的這段話，很值得我們思考：

> 一九九三年五月，翻譯並出版了台灣作家鄭清文的童話集《燕心果》。……從研究者和朋友給我的讀後感，是多端而饒富趣味的。雖然多端，其背後卻明顯有一共同的困惑。
>
> 最大的困惑是，雖然標明著「童話」，卻不是完全以小孩為對象，這可以說是真正的童話嗎？既然寫明是童話，說童話是不會有疑問的，但是讀完這十五篇故事，常會感受到一些弦外之音。也許，這正是作者鄭清文的意圖。……
>
> 據說也有朋友告訴過他「有些作品，不適合小孩閱讀。」他回答說：「我們自己小時候，讀浦島太郎，心中也疑惑著為什麼打開玉手箱（寶盒），從裡面冒出來的煙，會使他變成老人？一直到長大以後，讀了潘朵拉的盒子，才略知玉手箱的含義。」的確，他的動物童話，還多少有童話的影子，至於其他五篇，可能已超過小孩的理解能力。但是，不理解也可以當做故事

讀下去，可能是作者的意圖，讀者實在也不必限於小孩。（岡崎郁子，1997：251～252）

比起李喬義無反顧的腔調，或者郭明福引喻失義的謬誤，岡崎郁子的經驗談毋寧相當坦率。她坦白接受鄭清文的童話「可能已超過小孩的理解能力」的事實，只是仍肯定「讀者實在也不必限於小孩」這一點。

有個問題應先解決。李喬及岡崎郁子都曾引用鄭清文的自述，做為他的童話「是童話」的佐證。但我們必須注意，兒童文學特性中的「兒童性」一點，意思並非「寫給兒童看的文學」，而應是「適合兒童看的文學」。每一位作者都可能為兒童寫作，但如果兒童無法接受，那就無法稱之為兒童文學。書市上有許多改寫給兒童閱讀的世界名著，包括莎士比亞及《紅樓夢》等。莎士比亞及曹雪芹是否有意為兒童寫作，不是我們認定其作品是否為兒童文學的考量因素。我們能確定的僅是：莎士比亞及《紅樓夢》都不是兒童文學，因為兒童只能欣賞「改寫版」，無法直接閱讀原作。

鄭清文為兒童寫作的誠意我們不必懷疑，但我們不能因此就認為他的作品即是兒童文學，畢竟兒童文學作品的認定從來就不是以作者的寫作初心來判準。侯伯‧埃斯卡皮（Robert Escarpit，1918-2000）在《文學社會學》裡曾舉斯威夫特的《格列弗遊記》與笛福的《魯賓遜漂流記》為例，說明兒童文學作品的「產生」過程，有所謂的「具有創意的背叛」：

> 《格列弗遊記》原本是一個憤世嫉俗、極盡諷刺之能的作品，相形之下，沙特（J.-P. Sartre）簡直一派天真，應該列進「玫

瑰少年叢書」系列去。《魯賓遜漂流記》則是替當時新興的殖
民主義宣揚佈道（還真冗長！），這兩部作品如今是以什麼面
貌存續下來？如何享有久盛不衰的令名？竟是全拜兒童文學
圈之賜，成了獎勵小孩兒的贈書佳品！笛福地下有知，想必
捧腹大笑，斯威夫特恐怕要暴跳如雷，兩位鐵定會為這個意
想不到的局面張口結舌！這跟他們原先的意圖根本風馬牛不
相及。兒童少年們在這兩本書裡尋求的，主要是情節奇特或
異國情調的冒險經歷，……至於當年他們真正要傳達的訊
息，我們廿世紀的讀者已經無從詮釋、不得而知了。這些讀
者透過了少年時代便能理解的情節形式（還不是靠改寫改編
的）也就心滿意足。（侯伯・埃斯卡皮，1990：138）

　　然則，如果兒童才有判斷哪一作品是不是兒童文學的權利，則
所有成人對於兒童文學的研究豈不都是建立於空中的樓閣？而所謂
「兒童」又是指誰呢？有五歲的兒童，也有十歲的兒童，更有十五
歲的兒童。「兒童」的理解能力豈能一概而論？再說，有閱讀習慣的
十五歲兒童，其閱讀能力會輸給一位三十歲但讀書不多的成人嗎？
　　至於兒童閱讀之後「懂」或「不懂」如何判定，周慶華有一段
論析極為精采：

　　一般的兒童文學論著，都以為兒童文學必然是兒童所能懂或
　　了解的（也就是具有「兒童性」），於是紛紛從認知心理學或
　　發展心理學的角度討論兒童文學的生產（創作）和接受（批
　　評）情況。……問題是所謂「懂」或「了解」要如何判斷？
　　根據語意學的講法，我們一般所謂的「懂」（或「明白」、「了

解」、「體會」），約略可分為七種：第一種「懂」是能執行命令；第二種「懂」是能作預言；第三種「懂」是能使用適當的語言；第四種「懂」是一種共同行動的合作；第五種「懂」是一個問題的解決；第六種「懂」是能作適當的反應；第七種「懂」是作適當的估計。……而所謂「『了解』某人的意思」可以是：（一）想到某人所想到的；（二）向某人所說的起反應；（三）向某人所指的發生感情；（四）向某人本身發生感情；（五）假定某人是想什麼；（六）假定某人是要求什麼。……試問兒童文學論述者所指的兒童能「懂」或「了解」是哪一種情況？（周慶華，1998：130）

　　李喬和郭明福都認為《燕心果》適合兒童閱讀，岡崎郁子則持保留的態度。根據前面的分析，其實他們的肯定或否定都有偏限性。

　　同樣的問題到了《天燈・母親》更為明顯。這本書附錄的陳玉玲所寫的「導讀」〈論鄭清文《天燈・母親》〉一文，以皮爾森（Carol S. Pearson, 1944- ）的「聖嬰（the Divine Child）原型理論」詮釋該書主人翁阿旺[12]，並得出「鄭清文筆下的農村世界呈現出大自然的美好風光，這成為他童年烏托邦的重要時空，也說明了鄭清文內心世界是以台灣的農村作為永遠的故鄉」（陳玉玲，2000：207）的精準結論，頗具見地。但該文對此書「是否適合兒童閱讀」全無著墨。

---

[12] 陳玉玲認為：「阿旺在鄭清文童話中代表的是聖嬰的原型，所謂聖嬰是天真者與孤兒的原型的結合。天真者的純潔，使主角阿旺能超脫於世俗的階級對立，進入自然渾沌的境界；而喪母的深是與十一指所惹來的嘲弄，使阿旺不只是一個天真者，並且也具有孤兒的特質。……聖嬰具備純潔天真的本質，但是又能了解世界的真相，並同情受苦的人群。」（陳玉玲，2000：187）

二〇〇〇年七月三日《中央日報・中央閱讀版》以《天燈・母親》為討論主題書，刊載了張子樟、許建崑等人的書評。張子樟認為：

> 這本書可歸類為童話，因為書中的飛禽走獸均有言談能力，稻草人亦能彼此或與人溝通。在作者的巧思下，純真無邪的阿旺除具備和動物言談的特殊功能外，還能與土地公、逝去的母親會面。（張子樟，2000）

很明顯的，張子樟的觀察角度是該書的「幻想性」，並非「兒童性」。如果僅考慮「幻想性」，則如上一節所說，除了〈荔枝樹〉一文可商榷外，基本上沒人說鄭清文寫的不是童話。

對該書的「兒童性」有所質疑的是許建崑，他的書評首段即說：

> 你被「童話」兩個字迷惑了，尤其是在新近得到美國桐山環太平洋書卷獎的鄭清文面前，你不敢說《天燈・母親》的閱讀上有困難，只得人云亦云，鼓勵孩子們提早閱讀，期望他們長大以後就會懂得。（許建崑，2000）

在《天燈・母親》甫出版時就能提出異議，許建崑是唯一一人。[13]然而前文已經說過，不論肯定或否定的意見，只要是來自成人，其正當性便受到質疑——即使是張子樟或許建崑這些「兒童文學學者」的觀點亦如是。

然則，真的有兒童對鄭清文童話表達過看法嗎？

---

13 關於《天燈・母親》的重要評論，黃錦珠的書評〈童心與大自然的交響曲——讀鄭清文童話《天燈・母親》〉也應列入，但該文同樣未談「是否適合兒童閱讀」這個問題。

　　答案是肯定的！二〇〇三年，筆者因緣際會編選九歌版《九十二年童話選》，當時就發現，台灣所有的兒童文學選集都只有大人的聲音，沒有兒童觀點。為了突破這點，筆者找了兩位小朋友擔任編輯委員，一位是就讀國中一年級的陳怡璇（女），另一位是就讀國小六年級的胡靖（男）。我們依照民主程序，開會投票決定入選的作品。

　　恰巧當年鄭清文創作了《採桃記》。出書之前，鄭清文把書中可以獨立欣賞的七個夢分別投稿發表。我們三人看了那年在台灣所刊登的兩百多篇童話後，對鄭清文的作品都很喜歡，決議把那年的「年度童話獎」頒發給他發表在《自由時報‧自由副刊》的〈臭青龜子〉。

　　在《九十二年童話選》裡，我們三人都對〈臭青龜子〉有所評語。陳怡璇說：「『臭青龜子』是什麼？時代養出的孩子們會不會看到？希望能藉著這篇與大自然間對話，讓讀者看見台灣曾經那麼純真的一面。」胡靖則認為：「『臭青龜子』這種昆蟲，在都市裡長大的小孩是不會知道牠是什麼的。這篇童話寫出台灣鄉下純真美麗的一面，彷彿把我們從都市帶入純真美麗的鄉下。」[14]

　　但即使有這兩位「兒童評論家」對鄭清文的童話「掛保證」，我們仍舊可質疑：兩個兒童並不能代表所有兒童。或者說：這兩位兒童的程度較高，不能代表一般程度的兒童。

　　是的，如果有論者持續對這點窮追猛打，懷疑鄭清文童話適合兒童閱讀與否，則筆者有幸參與的那次編「年度童話選」的經驗最多也是孤證而已，論證的效力有限。然而行文至此，我們正不妨換個角度來思考，想想看：「非此即彼」的兩值邏輯是否必要？落在鄭

---

[14] 陳怡璇及胡靖的評語均見徐錦成主編《九十二年童話選》，頁 115。

清文童話上來說，便是：我們一定得先確認這些作品適不適合兒童
閱讀，才能判斷它們是不是童話（或兒童文學）嗎？

　　周慶華曾說：

> 兒童文學研究者……終究要在兒童文學作品和非兒童文學作
> 品之間，疲於奔命的作選擇、限定和排除的工作（而且還會
> 吃力不討好）。說穿了，這是兒童文學研究者尚未擺脫兩值邏
> 輯思考習慣所帶來的「惡果」。（周慶華，1998：95～96）

　　對於周慶華所指責的「兒童文學研究的集體無意識」（周慶華，
1998：91～102）筆者不願妄加附和；但走筆至此，筆者仍必須承認，
他的觀察極有參考價值。如果無法擺脫「童話一定要適合兒童，不
適合兒童的就不是童話」的兩值邏輯思考，則「作選擇、限定和排
除」等「吃力不討好」的工作還會繼續讓我們「疲於奔命」。

　　要徹底釐清這個問題決不容易，因為它其實已是「兒童文學」
能否獨立成為一門學科的問題。如果不願承認「成人無法替兒童代
言」這件事，筆者的意見是：不妨換個發問的方式。讓我們從頭想
想，「成人」與「兒童」之分真的是一清二楚、毫無模糊地帶的嗎？

　　當初兒童文學之所以從文學（或「成人文學」）分支出來，是因
為人們「發現」了兒童。過程一如丹妮斯‧埃斯卡皮（Denise Escarpit，
1920-）所描述的：

> 在一段很長的時間中，童年並沒有什麼特性。大概直到十八
> 世紀，兒童還只是一個「成人的縮影」。只要參考當時的雕刻
> 就可以看到連小孩的衣服都只是成人衣服的縮版。人們希望

他的行為與領悟力和成人一樣。……

消遣文學正式被文人大眾所接受是在十六、十七世紀之際。人們承認中產階級的小孩在學習的同時也有娛樂的權利。貝洛（Perrault）在他一六九五年出版的《童話詩》（*Contes en vers*）的序言中就強調說，童話對孩子而言「可以同時教育他們及娛樂他們」。拉芳登（La Fontaine）也一樣，在一六六八年的版本中，他以相當優越的態度談論兒童所閱讀的寓言。他說寓言是些「戲言，卻包含著實在的意義，不但富道德上的教訓，並且還提供其他知識學問。」……

接著是兒童的特殊性被承認。教育家科梅尼烏士（Coménius, 1592-1670）最主要的貢獻就是把孩子看成一個個體。對洛克（Locke, 1632-1704）來說，教育必須配合孩子的天份和個人的興趣。但必須等到盧梭的《愛彌兒》（*Émile*）一書中才能找到以孩子特別的本性為出發點的教育原則。在很確切的目的下，不論是求取知識方面，禮貌教育或品德教育方面，大家開始為兒童及青少年寫故事。但是這是一種與教育文學完全不同的文學。（丹妮斯・埃斯卡皮，1989：4～5）

　　依照上述的講法，則「誕生」於十八世紀的兒童文學在人類歷史上實在不夠資深，真的只是孩童而已。諷刺的是，二十世紀八〇年代便已有人宣判他死刑了。

　　一九八二年，紐約大學媒介生態學教授尼爾・波茲曼（Neil Postman）出版了他的名著《童年的消逝》（台灣中譯本於一九九四

年十一月出版）。而我們知道，「童年消逝」這件事必定發生在他這本書出版之前——否則他如何寫書呢？

波茲曼是這樣說的：

> 童年概念正面臨絕跡的證據，顯現在許多方面，……例如，媒體本身就是一項證據，因為他們不只在形式上倡導根除童年概念，也在內容上降低它的比重。將成人與兒童的品味和風格日漸融合，法律、學校和體育運動等相關社會組織對童年看法的轉變，這些都是證據。另外更「嚴重」的證據是：酗酒、嗑藥、性活動、犯罪率等等證據，在在反映成人與兒童的差別愈來愈模糊。……
>
> 兒童幾乎從媒體上消聲匿跡了，尤其是電視媒體。廣播或唱片上，完全看不到兒童的影子，但是，從電視上消失是更有說服力。當然，我並不是說在電視上看不到年輕人，我是說，當他們出現在螢幕上時，他們的樣子宛如十三、十四世紀畫像上的小大人模樣。……任何一位熟悉喜劇、連續劇、任何流行性節目的人都會注意到，節目中的兒童與大人所展現的興趣、語言、衣服、或性行為並無太大差別。……
>
> 大部分有關兒童文學的討論，也跟對當代媒體的討論方向類似。……青少年文學若模擬成人文學的主題和語言，最受歡迎，尤其當它的主人翁被描述成小大人時。……我們正在驅除二百年來對兒童的影像概念，改由小大人似的形象取而代之。……
>
> 相同的情形，也適用在解釋傳統的成人形象。如果我們仔細

　　檢討電視內容，可以看到一個相當精確的紀錄，不只是小孩日漸「大人化」（adultfied），而且是大人日漸「兒童化」（childified）。……

　　在目前情形下，兒童的價值與風格與成人的價值、風格，早已經融合為一。（尼爾‧波茲曼，1994：127～134）

　　波茲曼寫《童年的消逝》時，還只在電視、電影等媒體或文學作品上找例子，那時候他還沒考慮到電腦網路。如今已是所謂「網路時代」，小孩一旦上了網，接觸的就是成人的世界，吸收的也是成人的文化。在這樣的時代，要說兒童與成人有截然劃分的文學、文化，能不謹慎一點嗎？

　　二〇〇〇年，倫敦大學教育學院教授大衛‧巴金罕（David Buckingham）出版了《童年之死：在電子媒體時代長大的孩童》（台灣中譯本於二〇〇三年五月出版）[15]。這本書受波茲曼觀念的影響很深，但使用的例證較新，網路也包括在內。可惜他幾乎不談兒童文學，兒童文學研究者讀來不免無趣。這本書突破前人之處，最顯著的一點便是「兒童的媒體權」的提出。（大衛‧巴金罕，2003：291～314）

　　巴金罕此說，近幾年已獲實現。以台灣為例，公共電視的兒童節目便有兒童擔任評議委員，讓兒童有權選擇、企劃自己想看的電視節目。兒童影展由兒童擔任評審來票選得獎影片更已成為慣例。[16]

---

[15] 這本書的書名原文為：After the Death of Childhood: Growing up in the Age of Electrictrocnic Media，直譯應為《在童年死亡之後》，這無疑比《童年之死》更進一步。

[16] 參見唐台齡〈兒童決定一切──兒少頻道「以客為尊」之我見〉，分三期連

就文學而言，舉世知名的「中學生龔固爾文學獎」更是無庸置疑的力證。[17]

從巴金罕的角度看，前述的「年度童話選」的編輯經驗，雖是台灣兒童文學史上唯一的孤證，卻無疑是極為珍貴的經驗。想想看，如果經過實證，兒童都接受了鄭清文童話，大人們還在爭論鄭清文童話適不適合小孩閱讀，實在沒啥道理。

話說回來，站在兒童文學的立場，也不用悲觀地認為一旦童年消失，兒童文學也會跟著消失。兒童文學與「成人文學」的界限日益模糊，並不表示「成人文學」必然「併吞」兒童文學。它們的關係應該是互相滲透的。張子樟曾說：

> 鄭清文和黃春明兩位小說家在成人文學創作方面有了公認地位後，開始為兒童寫作，也有相當不凡的成就（例如鄭清文的《燕心果》與《天燈·母親》，黃春明的童話與兒童戲劇等）。可是如果我們回頭檢視他們兩位專為成人寫作的作品，我們

載於《公視之友》月刊。2006 年 1 月（91 期），頁 42～43；2006 年 2 月（92 期），頁 50～51；2006 年 3 月（93 期），頁 52～53。

[17] 「龔固爾高中生文學獎」（Prix Goncourt des lyséens）成立於一九八八年，原本屬於地域性的文學獎，發起人是雷恩市（Rennes）法雅（Fnac）公關部負責人布里吉特·史特芳（Brigitte Stefan）。如今它已發展成全國性的文學獎，甚至拓展其他法語系國家。事實上，每年十一月初揭曉得獎作品的「龔固爾高中生文學獎」與龔固爾獎幾乎是同步進行，但它的特點是由法國高中生擔任評選的工作。評選方式是：由龔固爾獎的評選團先篩選出十本左右的當年出版的小說，之後展開為期兩個月的讀書、評書活動，並邀請入選的作家在法國各地巡迴，與參與評選的高中生讀者直接面對面討論作品的內容。近年來由於「中學生龔固爾文學獎」網站成立，更將高中生評書的活動帶入高潮。藉由網路的效力，參與討論的中學生愈來愈多，這個文學獎的公信力與影響力也持續增長中。

依然可以找出不少……適合青少年閱讀的佳作。(張子樟，
2002：128)

像這樣的論點，便不失兒童文學研究者的立場。一方面，我們承認有些兒童文學作品較適合成人閱讀；但也須注意，有些「成人文學」頗適合兒童。

論述至此，可知「兒童性」做為童話的必要條件，仍有可商榷的餘地。

在本章第一節，筆者曾介紹韋葦《世界童話史》裡的觀點，他認為「童話應是大文學圈裡的，而不只是兒童文學一個品種」。可見童話的「非兒童文學觀點」不是空穴來風，問題只是這樣的觀點究竟是不是主流而已。

對於有人認為他的童話「對小孩來說太深」、「不適合小孩」，鄭清文了然於胸。他也很坦承地說他「寫童話，也有意給大人讀，給各種年齡的人讀」(鄭清文，2000c：140)，只是他這番美意，許多人（如岡崎郁子、許建崑等）仍覺無法消受。鄭清文或許未想到，他理想中的「成人童話」的簡單觀念，其實已直接衝擊到兒童文學的立科基礎。

讓我們還是回到侯伯·埃斯卡皮的觀點吧！兒童文學作品的「產生」過程，有所謂的「具有創意的背叛」。如果本來「兒童不宜」的《格列弗遊記》和《魯賓遜漂流記》日後都成為兒童文學經典，則兒童文學該是一門需要時間佐證的藝術吧？

掌握兒童文學詮釋權的大人們若想在一時之間就判定鄭清文童話適合小孩與否，筆者的建議是：不如先擱置這個問題。因為，像

鄭清文這樣的童話，如果只因為寫得太深而被逐出兒童文學的門牆，兒童文學裡的花園一定失色不少。而那樣的結果與其說是鄭清文的遺憾，毋寧更是童話界的遺憾。在面對這類作品時，評論者應在「兒童性」上保持彈性。

第四節　從鄭清文童話看台灣童話發表園地的位移

還有一點值得注意，便是鄭清文童話的發表及出版，幾乎都不是在一般人認知的兒童文學園地裡。

先談出版。為鄭清文出版過童話集的三家出版社——號角出版社、自立晚報社及玉山社——都並非專門出版兒童文學讀物的出版社。其中號角版的《燕心果》在封底的文案寫著「這是作者的第一本小小說」，也絲毫令人感覺不到出版社有意將這本書視為兒童文學讀物。

現今通行的鄭清文童話集是玉山社的版本，分別列為該出版社「本土新書」的第四十五號、第四十六號、第九十一號叢書。「本土新書」並非兒童書系，只是出版社在每本書的封面上都寫上「鄭清文童話」五個字做為招牌，可說稍與兒童讀物連上線。另外一個值得肯定之處，是三家出版社的五本書都附有插圖，這點或許較能吸引兒童讀者。但總體而言，三家出版社對於將鄭清文童話集「包裝」成兒童文學讀物都努力有限。

　　如果鄭清文的童話集出版於專業的兒童文學出版社，一定會更受到兒童文學界注意。然而正如本章第二節討論《燕心果》的文類歸屬時所提醒的，一般的讀者印象是一回事，學術討論又是另一回事。

　　再就發表的角度看。

　　在《燕心果》裡的十八篇，雖然有幾篇是發表在「兒童文學園地」裡，如《幼獅少年》、《新少年雜誌》、《國語週刊》及《民生報》等；但大部分作品仍是發表在「非兒童文學園地」裡，如《民眾日報‧民眾副刊》、《台灣時報副刊》、《台灣日報‧台灣副刊》、《家庭月刊》、《聯合報‧副刊》及《商工日報‧商工副刊》等。[18]

　　到了一九九〇年代之後，鄭清文就不曾再將童話投稿到「兒童文學園地」裡了。《天燈‧母親》是一部長篇童話，也是六篇短篇連結而成的「短篇連作」。這六篇短篇，曾在一九九七年分六次發表於《台灣日報‧台灣副刊》。

　　至於《採桃記》的發表狀況，則請容筆者引用一段鄭清文在《採桃記》〈後記〉裡的話來說明：

> 這個童話，一共有十三段。其中比較完整獨立的七段，分別在《文學台灣》、《自由時報副刊》、《中央日報副刊》、《聯合文學》發表。這些刊物，都以一般讀者為對象，我一直期待，各種年齡的人都能接受我的童話。（鄭清文，2004c：247）

---

[18] 鄭清文童話詳細的發表繫年，請參考本論文的「附錄一」〈台灣童話發展年表：1977～2006〉。

　　不論是《台灣日報・台灣副刊》，或者《文學台灣》、《自由時報・自由副刊》、《中央日報・中央副刊》、《聯合文學》等園地，都如同鄭清文所說的，「都以一般讀者為對象」，也就是說，它們都不是「兒童文學園地」。

　　但我們還想追究的是，是僅有鄭清文一人在「非兒童文學園地」發表童話嗎？如果我們可以在「成人文學園地」裡找到更多童話，則「成人童話」不是更有說服力了嗎？

　　筆者曾在二○○三年到二○○五年間，連續三年編選「年度童話選」。基於職責，三年裡筆者地毯式地在報紙、雜誌上搜尋童話。筆者發現，每年台灣童話大約都有三、四百篇。台灣童話的產量不算小，這是令人欣喜的。

　　但三年裡，筆者也眼見《中華日報・兒童世界》、《民生報・少年兒童版》、《自由時報・自由兒童》等專業兒童文學版面相繼停刊[19]。這是令人痛心的。

　　那麼，在台灣童話發表園地日漸減少的情況下，童話作家如何爭取發表機會呢？答案之一正是：他們紛紛往「非兒童文學園地」投稿了。

　　在筆者所編的三本「年度童話選」的紀錄裡，除了鄭清文，下列作家也因為在「非兒童文學園地」發表童話而入選「年度童話選」：

　　陳璐茜〈口袋裡的春天〉，二○○三年八月二十～二十一日《台灣日報・台灣副刊》；

---

[19] 《中華日報・兒童世界》於 2004 年 5 月 1 日停刊。《民生報・少年兒童版》於 2004 年 4 月 3 日停刊。《自由時報・自由兒童》於 2004 年 5 月 27 日停刊。

黃海〈天空勇士的傳說〉，二〇〇四年三月二十一日《中華日報‧中華副刊》；

黃秋芳〈床母娘的寶貝〉，二〇〇四年十一月七～八日《更生日報‧更生副刊》；

黃秋芳〈世界愈來愈大〉，二〇〇五年三月八～十二日《台灣日報‧台灣副刊》；

黃郁文〈飛吧！飛吧！飛向薩摩亞！〉，二〇〇五年五月七～八日《更生日報‧更生副刊》；

王宏珍〈耳邊風大盜〉，二〇〇五年七月十二日《更生日報‧更生副刊》；

楊隆吉〈虎姑婆的夢婆橋〉，二〇〇五年十月二十四～二十五日《更生日報‧更生副刊》。

如果兒童文學評論家仍只因為這些童話發表於「成人文學園地」就質疑它們可能「不適合兒童閱讀」，則可以預料，未來台灣兒童文學研究必將隨著台灣兒童文學發表園地一起萎縮。

鄭清文不是「成人童話」唯一的實踐者。他有心為之，名氣也大，所以目標較明顯，「成人童話」的爭議因而集中在他身上。但「成人童話」的興起應是台灣童話的趨勢之一。造成這個趨勢，有人的因素（作者的主觀意願），也有生態的因素（發表環境的變化）。筆者在《九十四年童話選》的序文〈流動中的風景〉中這樣說：

> 台灣童話環境正在移動，這是明顯的趨勢。……
> 而發表場地的位移，預料也將引導童話的質變。我相信日後台灣會出現愈來愈多跨越兒童與成人領域的童話，刊登在老

少咸宜的副刊或文學雜誌上。擺明「為兒童而寫」的童話由
於發表園地愈來愈少，競爭將愈來愈激烈，作品也將趨向精
緻。

禍兮福所倚，若往好處想，台灣童話環境的險惡，對台灣童
話本身的發展未必是負數。換言之，日後台灣童話的發表數
量也許難以增長，但童話品質或許從此愈加提昇亦未可知。
（徐錦成，2006：16）

　　對於台灣童話的未來，筆者寧願保持樂觀。而對於「成人童話」，
筆者也願以寬容的心態接納，期待這種「以一般讀者為對象」的童
話能豐富台灣童話的花園。

第五節　結語

　　在獲頒九歌「九十二年年度童話獎」之後，鄭清文很有自信地
說：「這一次評審，還有兩位小朋友參加，一位是國中，一位是國小
學生。這表示，各種年齡的人都可以接受我的童話。」（鄭清文，
2004c：248）但如果魚與熊掌這麼容易兼得，則這麼多年來兒童文
學界對於鄭清文童話的辯論，豈非盡是虛文？當然不是！筆者認
為，鄭清文對台灣童話界的意義，就在他曾令許多兒童文學評論家
覺得尷尬，也讓兒童文學界有機會得以反省這點上。

　　一開始，兒童文學界其實不是很接受鄭清文。大多數的評價來
自「成人文學界」，而最主要的論點就是讚譽這位小說家為兒童寫了

一本書[20]。他的《燕心果》一來不是「純淨的」童話集，二來內容較深，從兒童文學界得到的迴響很有限。其中最令人爭議的一點，就是二〇〇〇年三月所公佈的「台灣（1945〜1998）兒童文學一〇〇」名單，《燕心果》並未列名這件事。可以說，直到二〇〇〇年四月《天燈・母親》出版前，兒童文學界對鄭清文童話的態度極為保留。

總結起來，本章從鄭清文童話出發，反省了鄭清文童話的兩個問題：「是不是童話？」及「適不適合小孩？」

從「幻想性」的角度看，〈荔枝樹〉不是童話，這點前賢都未肯率直點出。本章認為學術上不可含混，《燕心果》實為一本「小說與童話的合集」。唯出版成書的市場考慮，不在此論。

至於「適不適合小孩」的爭議，本章建議無妨從寬。畢竟在「童年消逝」的年代裡，兒童文學的「兒童性」本身就值得再定義、再思考。

「成人童話」一詞，可說是鄭清文童話引起爭議的一個中心點。但適合成人閱讀的童話隨著台灣童話發表環境的變遷，有愈加增長的趨勢。如果鄭清文童話不僅限於兒童閱讀、童話也不只是兒童文學的話，則本章第一節所說的台灣文學界將「『成人文學』與兒童文學二分」的現象，其謬誤不是很明顯了嗎？

無意中，鄭清文成了「成人童話」的先行者。這一點，應是鄭清文始料未及的。

---

[20] 如前文所提醒，站在兒童文學的立場，我們無法苟同這種「成人文學沙文主義」心態。

第肆章　鄉土文學

——鄭清文童話的鄉土情懷

第一節　從鄉土文學論戰談起

很巧合地，鄭清文開始寫童話那年，恰巧是台灣「鄉土文學論戰」爆發的那年。

那是一九七七年，該年鄭清文發表年兩篇童話。〈蛇婆〉發表於六月的《快樂家庭》月刊。〈捉鬼記〉發表於十二月的《幼獅文藝》月刊。這兩篇童話都未收錄在《燕心果》（換言之，也就是至今未曾結集出版），但卻都在日後被岡崎郁子翻譯成日文，收錄在《阿里山の神木》（1993）一書。

而也就是在一九七七年八月十七日，彭歌於《聯合報副刊》發表〈不談人性，何有文學？〉，正式掀起「鄉土文學論戰」。[1]

---

[1] 任何事件都很難有一個明確的「起點」，但以彭歌〈不談人性，何有文學？〉為「鄉土文學論戰」的起點是公認的說法。葉石濤《台灣文學史綱》說：「台灣鄉土文學有其悠久的歷史。……本來鄉土文學這個名稱，早已在日據時代新文學運動的初期出現過，而且也掀起一場激烈的論戰。……著名的小說家兼評論家彭歌在〈不談人性，何有文學？〉的一篇文章裡，正面指摘王拓、陳映真和尉天驄而寫道：『如果不辨善惡，祇講階級，不承認普遍的人性，哪裡還有文學？』。彭歌的這篇論評頗有煽動力，使星星之火頓成熊熊燃燒的大火。」（葉石濤，1987：141～145）

　　「鄉土文學論戰」是台灣文學史上的大事。台灣小說及現代詩，都在這場論戰中獲益良多，留下許多回應這場論戰的作品與理論，成為台灣文學寶貴的資產。但很遺憾，兒童文學似乎是在這場論戰中缺席了。

　　兒童文學作品，某種程度上並不能「反映現實」、「反映人生」。當大人們的世界裡，政治、經濟、社會……都產生巨變的年代，兒童文學往往扮演「桃花源」的角色，供童心未泯的大、小朋友歇憩。這或許也是主流文學史常把兒童文學邊緣化的原因之一。

　　然而，若說兒童文學完全置身事外也不盡然。雖然從未有人說過台灣兒童文學與鄉土文學有所聯繫，但兩者真的毫無關聯嗎？或只是前賢未能發現呢？這是我們必須研究的問題。

　　且讓我們先看一段鄭清文的文本：

> 舊莊就是舊鎮的舊名。
>
> 在舊莊西北角七公里的地方，有個叫平頂的小村落。其實，平頂並不只是這個小村落的名字，而是這塊綿延一、二十公里的臺地的總稱。從舊莊一望過去，就可以看到幾乎成為一直線的山頂線，這才是名副其實的平頂。
>
> 平頂臺地，是由紅土構成的。從遠處看，它像隆起的地平線，但它本身也有地勢的起伏，形成了山和谷，在山坡上或谷地裡長滿了蒼翠的相思樹。
>
> 平頂這個村落，住有三、五十戶人家，連同散布在附近的零星農家和獵戶，也只不過是一百戶的光景。
>
> 在平頂的西北角有一座觀音寺，經常有村裡的老人家在那裡

談天和打瞌睡。

「聽說姑娘生病了。」有個老人家說。

「姑娘？是不是鬼姑娘？」幾個在廟庭玩石珠的小孩插嘴說。（鄭清文，1985：14）

　　這段文字是鄭清文童話〈鬼姑娘〉的開頭。這篇童話也是《燕心果》裡最早發表的一篇童話，發表於一九七八年，正是「鄉土文學論戰」正當火紅的年代！前一年爆發的論戰猶有餘火，而在創作上，也仍風起雲湧。

　　一九七七年十二月，東年出版了他的第一本小說集《落雨的小鎮》（聯經）。一九七八年，洪醒夫以短篇小說〈散戲〉獲第三屆「聯合報小說獎」三獎，再以〈吾土〉獲第一屆「中國時報文學獎」小說優等獎；十二月，出版了《黑面慶仔》（爾雅）。宋澤萊則在九月出版了《打牛湳村》（遠景）。……這一、兩年內，台灣鄉土文學小說可謂成績豐碩。

　　如果我們僅看〈鬼姑娘〉的前六段，說不定會誤以為這是一篇鄉土性濃郁的、寫實的台灣農村小說──一如當時大量出現的台灣鄉土小說。但第七段「鬼姑娘」透過小孩口裡說出，便使得童話的「幻想性」開始萌發，舖衍出一篇「少年阿城打鬼」的童話故事。

　　妙的是，故事的結尾，又回復寫實的基調：

差不多過了半個時辰，烏雲又慢慢散開，太陽又露出和藹的臉孔，阿城還是默默地站在原來的地方，他再也看不到鬼姑娘和那棵高大的茄苳樹，在他面前隆起了一堆土堆，如同墓龜一般的土堆。

> 「姑娘，姑娘。」阿城低聲叫著，眼淚不停地從他的眼裡掉
> 下來。
> 不一會，全村子裡的人也都走到土堆的四周。有一位長者，
> 替那土堆起了名字，叫它「姑娘塚」。現在，如果我們有機會
> 去平頂，還可以在村外不遠的地方看到這個名叫「姑娘塚」
> 的土堆。(鄭清文，1985：33~34)

　　這樣的結尾，彷彿是在提醒讀者，這故事可不是發生在遙遠的「童話世界」，而是就在我們周圍的生活故事。當然，以寫實的背景包裝童話故事只是鄭清文的寫作技巧而已。這世上並沒有姑娘塚，也沒有鬼姑娘。

　　童話最常見的開頭就是「很久很久以前」或「在那遙遠遙遠的地方」，這也是大多數台灣童話家服膺的敘事方式。鄭清文這種「將幻想故事植根於現實世界」的寫作技巧，說來一點也不難。但由於台灣童話中缺少類似的作品，使他顯得與眾不同，不知不覺間也與一般的台灣童話作了區隔。前文說到，鄭清文童話曾遭受台灣童話評論界長期的忽略，究其原因，有些童話評論者早已習慣閱讀幻想色彩鮮明的童話故事，面對鄭清文童話，一時無法適應也是可能的原因之一吧。

　　話說回來，舊莊、舊鎮確實都有所本。鄭清文寫實性質的筆法，的確很容易混人耳目，讓人一開始看這樣的作品時，難以認定它是篇童話。

　　舊鎮的舊名叫舊莊，今名就是新莊，是鄭清文「兩個故鄉」之一。在〈大水河畔的童年〉一文中，鄭清文說：

我出生在桃園鄉下，卻在舊鎮長大。因此，我擁有兩個童年，也擁有兩個故鄉。

我在桃園鄉下看到了農民的辛勞，在舊鎮體會到庶民的勤勉。

舊鎮曾經是個孤獨的小鎮。

舊鎮離開台北不遠，又有縱貫公路拂過邊緣，交通相當方便。……

實際上，舊鎮只有一條長長的街，南邊劃過大水河。

我的真正的童年，也是在那一條大水河。（鄭清文，1998b：169～170）

而在《新莊──失去龍穴的城鎮》這本書中，鄭清文則說：

新莊這個名字，本來就應該含有新興、新穎的意味。但是在我的心目中，它依然是一個古舊的城鎮。新和舊，常常代表過程，代表先後，卻不代表好壞。實際上我看到它的舊，也看到它的新，而我自己就正在新舊交迭的交點上。（鄭清文，1983：56）

與〈鬼姑娘〉同樣的筆法，在〈紅龜粿〉也再度運用──〈紅龜粿〉與〈鬼姑娘〉的寫作日期極為接近，可說是同時期作品。〈紅龜粿〉故事發生的地點叫「下埔」，也是現實中存在的小地名。邱子寧認為：

「桃園鄉下」在作品裡有時直接指出地名「下埔仔」。「舊鎮」的名稱其真實地理位置是台北縣的新莊，而鄭清文以舊鎮為地理背景的故事所記述的並不是新莊此時此地的人事景物，

　　　　他總是藉由「返鄉」的書寫模式以便回溯舊時往事，達到虛
　　　　構故鄉「舊鎮」的目的。（邱子寧，2001：69）

　　邱子寧的看法沒錯，鄭清文的確藉由書寫得以「返鄉」──返
回他心靈的故鄉。現實上，就算「舊鎮」和「下埔仔」已經改了名，
但仍永存於鄭清文心中。但每一位童話作家都有童年、也都有故鄉，
何以卻非所有人都寫出類似的作品？而每一位台灣童話家都生活在
這塊土地上，何以少見有將台灣做為童話故事場景者呢？筆者推
測，應是童話所要求的「幻想性」使得大多數的童話家不願將作品
背景放在現實生活中。

　　在洪汛濤的《童話學》裡，有這麼一段話：

　　　　幻想，是童話的特徵。童話，必須是幻想的，沒有幻想，就
　　　　沒有童話。幻想對於童話，真是太重要了。
　　　　目前所見的童話中，有的作者，不善於去幻想，或者不敢去
　　　　幻想。作品寫得很實，像一篇真實的小說。這種作品，大致
　　　　是一些本來是寫小說的、現在來改寫童話的人，他們不懂得
　　　　如何幻想，還是用寫作小說的辦法來寫作童話，也有的人，
　　　　是在有意提倡童話小說化，提倡「真實的童話」，那必然出現
　　　　童話幻想的貧乏。幻想是童話的翅膀，如果翅膀太小，無力，
　　　　它是飛不起來的。（洪汛濤，1989：161～162）

　　洪汛濤是海峽彼岸的童話學者及作家，他寫《童話學》當然不
是針對鄭清文來談。但有趣的是，鄭清文的確是「本來是寫小說的、
現在來改寫童話的人」。只是，童話「寫得很實，像一篇真實的小說」

是否就不可能是篇好童話，這就不能一概而論了。在本論文第一章，筆者曾觸及蔡尚志「小說童話」的說法，但因為不擬採取其說，故點到即止。如果根據蔡尚志之說，則「小說童話」其實是童話演進至今最上乘的童話樣式[2]，洪汛濤指責童話不宜「寫得很實，像一篇真實的小說」，恰巧與蔡說相反。

　　童話要求「幻想性」，所以寫實性的、不具幻想性的作品，不是童話。但必須注意的是，「幻想性」有高有低，卻不是一篇童話寫得「好」或「不好」的判定因素。換言之，童話的幻想性高者，不一定就是篇好童話。反之亦然。洪汛濤自己也說過：「我們也不贊成，童話的好壞取決於幻想幅度的大小。」（洪汛濤，1989：162）因此，鄭清文將童話背景放在現實生活，若有論者要質疑他「幻想性不足」，雖非無的放矢，但若因此以為鄭清文的童話不佳，那就是錯誤的判斷了。

　　回過來談鄉土文學。鄉土文學是什麼？跟寫實文學有什麼關係？王拓對此有過分析：

> 有許多人把所謂的「鄉土文學」理解作「鄉村文學」，認為它只是以鄉村社會和鄉村人物為題材，並大量運用閩南語方言的文學。……把「鄉土文學」理解為「鄉村文學」雖然不能說完全沒有道理，……但是，卻很容易引起一些觀念上的混淆以及感情上的誤解和誤導。首先，它使我們聯想到都市和

2　蔡尚志認為：「『小說童話』延續作家童話以來的優秀品質，比諸『古典童話』有三個革命性的進步：一、結構靈活多樣，不像古典童話有一套僵硬固定的敘述程式。……二、典型人物形象的創塑。……三、作家個人風格及魅力的具體展現。」（蔡尚志，1996：22～24）

鄉村的對立，進而使人們誤以為只有以鄉村和鄉村人物為題
材的文學作品才是「鄉土文學」，而排斥了以都市和都市人為
題材的文學作品。如果「鄉土文學」真是這樣的意義，那麼
這種「鄉土文學」便太過狹隘、太過拘限和封閉了。……
「鄉土文學」，就是根植在臺灣這個現實社會的土地上來反映
社會現實、反映人們生活和心理的願望的文學。它不是只以
鄉村為背景來描寫鄉村人物的鄉村文學，它也是以都市為背
景來描寫都市人的都市文學。……凡是生自這個社會的任何
一種人、任何一種事物、任何一種現象，都是這種文學所要
反映和描寫、都是這種文學作者所要瞭解和關心的。這樣的
文學，我認為應該稱之為「現實主義」的文學，而不是「鄉
土文學」；而且為了避免引起觀念上的混淆……有必要把時下
所謂的「鄉土文學」改稱為「現實主義」的文學。（王拓，1977：
77～80）

　　王拓的意見，並沒有成真。我們現在指稱台灣七〇年代的「現
實主義文學」，仍習慣稱之為「鄉土文學」。然而，王拓的看法的意
義，也在此彰顯出來。

　　鄉土文學作品之所以以寫實主義的姿態出現，在王拓的意見之
外，筆者認為，也可歸因於作家的社會責任意識。誠如葉石濤所說：

鄉土文學並非屬於某一特定階層的文字，所以它描寫的範圍
頗廣，但佔大多數的民眾是勤奮的勞苦大眾。……它積極地
寫農民、工人、漁民等在社會底層掙扎的卑微人物。（葉石濤，
1987：152）

　　因此，鄉土文學即使因為藝術性的要求而必須「虛構」或「幻想」，但作家的主觀意願仍應是寫實的。而作家「積極地寫農民、工人、漁民等在社會底層掙扎的卑微人物」，無非是希望透過作品反映他們生活的困境。也因此，鄉土文學所書寫的，都是即時性的、當時社會的現況，絕不可跳脫當下時空或遠離真實生活。「回溯舊時往事」時，也不宜「虛構故鄉」。[3]

　　在一般的情況下，幻想與寫實是兩個對立的觀念。童話既然是強調「幻想性」的文體，但何以鄭清文的童話竟有鄉土文學、寫實小說的韻致呢？要續論這件事，不能不先看看鄭清文的第二部童話──也是第一部長篇童話──《天燈‧母親》。

---

[3]　「鄉土文學」是個難以定義的名詞，本論文選擇性地引用王拓及葉石濤的論點，乃因分辨「鄉土文學」的意義並非本文重點，不願節外生枝之故。近期論文如黃維樑的〈鄉土詩人余光中〉，仍說：「不少文學用語，都難獲公認的精準定義，鄉土文學是其一。1920 年和 1930 年代，兩岸的文學界先後用過『鄉土文學』一詞，強調寫作者所屬鄉土的經驗，強調相當的『土氣』。1970 年代台灣有鄉土文學論爭，鄉土文學一詞的涵義，也成為爭拗的一個焦點。有人認為鄉土文學就是『現實主義文學』，有人認為它是『民族文學』，有人強調它的『台灣意識』，真是一個『富於歧義性』的詞語。」（黃維樑，2006：33）黃維樑並以「地域」、「題材」、「情思（主題）」為標準，將「鄉土文學」分為「狹義」與「廣義」兩種（黃維樑，2006：34），值得參考。「富於歧義性」一語則是黃維樑借用陳芳明的說法，原文見陳芳明〈歷史的歧見與回歸的歧路──鄉土文學的意義與反思〉。陳芳明認為：「『鄉土文學』一詞之所以富於歧義性，無非是涉及了參與者的政治信仰背後所隱藏的歷史觀，以及由這樣的歷史觀所牽引出來的『本土』認同。」（陳芳明，2002：92）。

第二節　《天燈‧母親》：一部「百科全書式」 的童話

　　如果只能以一句話形容《天燈‧母親》，筆者會說：「《天燈‧母親》是一部重現台灣早期（一九六〇年代）農村生活的交響詩。」而像這樣的觀點，其實並非筆者獨有。二〇〇四年六月，交通大學音樂研究所作曲組研究生何嘉駒便以《天燈‧母親》為題材，創作了一部管絃樂曲《天燈‧母親》，並因此獲得碩士學位。何嘉駒的《天燈‧母親》是一首四個樂章的管絃樂曲，是「根據書中的情節，輔以浪漫時期標題音樂及當代電影配樂等作曲技法的運用，所開展出來的音樂創作。」（何嘉駒，2004：i）

　　在〈管絃樂曲《天燈‧母親》及其創作理念〉這本論文的〈前言〉，何嘉駒如此說明自己的創作動機：

　　　　《天燈‧母親》的故事設定於台灣早期農村社會，書中運用相當大的篇幅來描述各種動植物的特色，以及民眾的人格特質等。不僅如此，本書還深刻地傳達出人性中諸多最純真、光輝、質樸、善良及悲天憫人的原始面貌。雖然自己從未經歷過那個已不復見的年代，但由於生長在這塊土地，對於《天燈‧母親》的親切及認同感，遠遠比閱讀完外國文學（含華文）要來得更為強烈。又，本書的六個章節當中，標題皆以該段落的主要角色來命名，各章的故事重點也很明晰。而看似六篇獨立的小故事，作者又以同一位主人翁的經歷來統攝所有。好似長篇音樂一般，各段落（或樂章）有快板、慢板、

激昂、寧靜等表情，但音樂主題（或動機）皆來自相同的意念（樂念）。鑒於以上種種理由，我於是產生了替文學作品《天燈‧母親》譜曲的想法。（何嘉駒，2004：1）

　　除了何嘉駒，讀《天燈‧母親》因而想及音樂的還有黃錦珠。她為該書寫的書評叫做〈童心與大自然的交響曲──讀鄭清文童話《天燈‧母親》〉。文中說到：

　　這一首曲子，以生命為旋律，以大自然為聲部，容納所有屬於生命中存有的樂器與音符。吵架、打仗、欺負、傷亡、捕捉，或者警告、保護、和解、收成、聊天、送別，乃至稻草人與麻雀、蛇與青蛙、貓與老鼠等等，各種生命形式之間，有各種相互對立卻又和諧並存的小節與樂段，它們在阿旺的童眼童心觀照之下，結合交融成一首歌頌生命與自然的交響樂曲。而這首樂章，不僅紀錄了台灣早年農村生活的細節，也紀錄了人們內在身處渴望和諧純真的神話心靈。（黃錦珠，2001：24）

　　鄭清文童話令何嘉駒萌發作曲的渴望，又被黃錦珠以「交響曲」譽之，可說是有趣的現象。[4]然而文學若是以文字鋪陳的樂章，則鄭清文童話是如何演奏的呢？且看下列這段文字：

---

[4]　2005 年 8 月，筆者應《文訊》雜誌之邀撰寫《採桃記》的書評，篇名取為〈寫給台灣兒童的蟲魚鳥獸交響詩〉。當時筆者並非有意呼應何嘉駒與黃錦珠，但如今回首，或許也不能說「純屬巧合」而已。

一走進草地，就看到了許多蜻蜓和蝴蝶。……

蜻蜓和蝴蝶，飛行的方式不同。蝴蝶是不停地拍動著翅膀，忽上忽下、忽左忽右地飛著。蜻蜓卻是用力搧動著翅膀，化著直線，或弧線飛翔著。紅蜻蜓還會在空中靜靜地漂浮著。紅蜻蜓，到了夏天和秋天，會更多。……

雲雀往上飛了一段，就停留在空中，不停地拍動著翅膀，叫一陣，而後再往上飛。牠越飛越高，也越飛越小，最後只剩下一個小黑點。……

有人說，從雲雀在空中的位置，垂直往下看，就可以找到鳥巢，牠在看管著自己的巢。……

兩邊的田，都有火金姑在飛來飛去。有的地方多一點，有的地方少一點。牠們飛得很平穩，像水在流動。遠遠地看過去，很像天上的星星，也許比星星更多，也更亮。……

田裡有水，稻葉和草葉上也都有露水。有水的地方，火金姑尾巴的亮光就會反射出來，一隻就變成兩隻。……

火金姑在水溝上飛行，水溝裡也閃爍著無數的亮光。看來，水溝上和水溝中，是一樣的忙碌。整條溝中，已變成了一條青黃色的光帶。水慢慢流著，光帶輕輕地搖動著。（鄭清文，2000：26～46／倪端：2000）

這段文字，並非我刻意摘錄，它其實是倪端所寫的《天燈・母親》的書評〈用另一種方式飛翔〉一文所引用的《天燈・母親》原作文字。這篇書評不過一千五百多字，但它引用的原作文字已超過四百字，佔了全文四分之一強。這樣的書評寫法實不多見。鄭清文

的文字必有它獨特的魅力，才讓寫書評者捨不得不引用。倪端的書評還說：

> 作者對台灣過去農村的描繪，已經不單只是用手書寫出來的記憶。我幾度想要在書中的文字裡找一些可能會遺漏的部分，都難。鄭清文必定有比別人更強的感知能力，他的眼、他的鼻、他的耳、他的心，所有可用的靈敏細胞似乎時時刻刻都在躍動著，那使他可以用簡單的故事敘述，把人帶入全新的空氣裡頭呼吸。（倪端：2000）

　　筆者認為，倪端「眼、鼻、耳、心」的說法並非創見，很可能是受到陳玉玲〈論鄭清文的《天燈‧母親》〉一文的啟發。陳玉玲以各種感覺（視覺、嗅覺、觸覺、聽覺）來詮釋《天燈‧母親》，令人嘆為觀止：

> 鄭清文對於農村的記憶，不只透過視覺，還透過嗅覺、觸覺、聽覺而開展，使得農村田園依稀在目。色彩的變化，是記憶中視覺觀察的重點，阿旺看牛的時候，看見稻葉上的露水、草間的露水、蜘蛛網上的露珠，在陽光下呈現出七彩的顏色。而田地的顏色也是鮮活的，「田地不停地變著顏色。綠色的稻子已成熟，都變成黃色了。站在田路上，一望過去，全是金黃色。連草螟也變了顏色，由綠多黃少，變成了綠少黃多。草螟是跟著稻子變顏色的。」（〈夏天‧午後‧紅蜻蜓〉）這是作者親身的觀察，顏色不同了，香味也不同了。
> 在鄭清文的記述中，夏天是太陽的味道，太陽的味道像燒過

的稻草灰，乾乾的味道，泥巴和路面也反射著強烈的陽光，發出強烈的乾的味道。夏天的香味是稻子的香味；春天是草的香味，也是花的香味。阿旺發覺草的香味是在割草的時候，當他用手中的鐮刀割斷草的時候，他聞到了強烈的青澀味，阿旺也常摘下一兩片草葉，拿到鼻前聞一下，再把它搓碎，這時他感到滿手滿身的的香味。

鄭清文也以手的觸覺去感受收割的喜悅，他寫道：「阿旺看到低垂的稻穗，有時也會學大人停下來，學大人的動作，把稻穗抓起來，放在手掌上稱稱看稻穗的重量，稻穗是結實的，而且是飽滿的，一定是豐收的。」（〈夏天‧午後‧紅蜻蜓〉）以手去體驗稻穗的飽滿結實，這是農人最大的欣喜，因為收割是皇帝，搓草是乞食。鄭清文還詳細記載了種稻搓草、割稻、挑穀子、曬穀子、轉風鼓的過程。至於農閒時期，農人製作霧網捕鳥、種菜貼補家用也是農村生活重要的紀錄。……阿旺與農村的各種動物都是好朋友，在鄭清文的筆下透過阿旺的引導，呈現了一個鳥叫蟲鳴的世界。蟲魚鳥獸在阿旺眼中都有自己的風格，烏秋是鳥王，老鷹是兵馬，麻雀是腳架。蜻蜓與蝴蝶飛行方式不同，蝴蝶是不停地拍動翅膀，忽上忽下，忽左忽右的飛著。蜻蜓卻是用力搧動著翅膀，畫著直線或弧線飛翔著。紅蜻蜓還會在空中靜靜的飄浮著。（〈春天‧早晨‧斑甲的叫聲〉）

這片鳥獸蟲魚的世界充滿了大自然的天籟。阿旺的林投笛子是這合唱的主使者，鳥也開始合唱了，嗶（笛子聲）、嘎嘎嘎（白鷺鷥的粗啞聲）、吱吱喳喳（麻雀）、唧啾（烏秋）、咕——

──咕（斑甲），鳥在唱歌，蝴蝶和蜻蜓也跟著飛舞，牛也伸長了脖子叫了一聲。（〈春天‧早晨‧斑甲的叫聲〉）（陳玉玲，2000：203～206）

　　無論是陳玉玲或倪端，對鄭清文再現六○年代台灣農村生活的文字功力都給予很高的推崇，也都不厭其煩地在其書評、導讀上大量引用鄭清文原作，以證實鄭清文對農村細節的掌握能力與描繪能力。筆者認為，他們其實都是把《天燈‧母親》視為羅蘭‧巴爾特（Roland Barthes，1915～1980）所謂的「百科全書式的書寫」。《天燈‧母親》所解釋的百科全書條目，便是「六○年代的台灣農村生活」。

　　巴爾特在他著名的〈法蘭西學院文學符號學講座就職演講〉中曾說：

　　　文學包含有很多科學知識。在像《魯濱遜漂流記》這樣的小說裡包含了以下各種知識：歷史、地理、社會（殖民地）、技術、植物學、人類學（魯濱遜從自然向文化過渡）。如果由於社會主義或野蠻政策的難以想像的過激措施，我們的全部學科除了一門以外都從教學系統中排除了，那麼唯一倖免的學科就會是文學，因為一切學科都出現在文學的紀念碑中。……由於本身這種真正百科全書式的特點，文學使這些知識發生了變化，它既未專注於某一門知識，又未使其偶像化；它賦予知識以間接的地位，而這種間接性正是文學珍貴的所在。（羅蘭‧巴爾特，1991：192）

　　語言可以模仿現實，故而，文學具有再現現實的能力。巴爾特的說法，跟昔日孔子說讀《詩》可以「多識於鳥獸草木之名」(《論語‧陽貨》)，道理是相同的。

　　此外，童話中經常有「智慧老人」的出現，在《天燈‧母親》中，大姑婆無疑就扮演這樣的角色。繼續申論之前，容我先引用幾段文字：

> 一隻火金姑，不小心，掉進水溝裡，在那裡掙扎著。阿旺想去救他。這時候，他想起大姑婆的話。大姑婆說，火金姑是死人的指甲變成的，不要碰牠。
>
> 大姑婆有很多禁忌。她說，晚上不能剪指甲。她說，晚上不能吹口哨。家裡搓圓子，紅的是金色，白的是銀色，絕對不能說白色，白色是不吉利的話。你家做白粿，是咒人的話，喜事做紅粿，喪事才做白粿。大姑婆又說，吃飯，要說吃完，不能說吃了。了是賠錢的意思，也是吃光家產的意思。都是不吉利的話。(〈初夏‧夜‧火金姑〉)(鄭清文，2000：49)
>
> 大姑婆曾經說過，藥老鼠，或者用老鼠籠或老鼠鋏捕老鼠時，都不能明講出來。她說，不能直接說老鼠，要說「街子人」或「人客」。直接說出老鼠二字，牆壁會去通告牠們，叫牠們躲開。(〈初冬‧老牛‧送行的隊伍〉)(鄭清文，2000：143～144)
>
> 大姑婆說過，豬會走，不會嚎。相反的，牛會嚎，不會走。嚎是流淚的意思。牛是認命的。牠會流淚，卻不會逃跑。(〈初冬‧老牛‧送行的隊伍〉)(鄭清文，2000：148)

　　大姑婆所說的話，都是老台灣的風土民俗。透過「智慧老人」這個角色，作者「百科全書式」的知識有了出口。而《天燈・母親》做為一部「百科全書式」的童話也益形完足。

第三節　以「鄉土童話」定位鄭清文童話，
　　　　　兼論李潼《水柳村的抱抱樹》

　　《天燈・母親》最後一章〈寒冬・天燈・母親〉的開頭，即是父親和阿發伯等人在大廳裡談話。「他們在談論著村子裡要裝電燈的事，也談論著埔尾那邊要開闢一條大路，這一條路要穿過墓地，所以有許多墳墓必須遷移。」（鄭清文，2000，161）像《天燈・母親》這樣「以謳歌鄉村為主體，並以鄉村變遷（都市化）作結」的故事架構，我們在七○年代的大量鄉土文學小說中早已見過太多。王拓認為：

　　　　在機械文明的影響和工商經濟的浸透下，鄉村社會的某些特色是必然要落沒和消失的，例如牛車之被汽車火車所取代、煤油燈之被電燈所取代、進步的醫藥取代迷信的巫醫等等，以及隨著這些物質文明俱來的某種思想和感情的改變，都是歷史和社會發展的客觀規律，不因為人的主觀願望而有所改變。如果太過感情地擁抱這些鄉村社會和人物，以致忽略了歷史和社會發展的客觀事實，便很容易使人們陷入一種懷舊感傷的情緒裡，而成為一種「鄉愁文學」。（王拓，1977：78）

　　《天燈‧母親》是否「太過感情地擁抱這些鄉村社會和人物」？
應是見仁見智。不過至今尚未有人以「鄉愁文學」的角度來讀它。
而筆者要提醒的是，不管是「鄉土文學」或「鄉愁文學」，在兒童文
學界其實都是罕見的名詞。對於《天燈‧母親》這樣的童話作品，
有待我們深入解讀。

　　總結起來，從早期的〈鬼姑娘〉（1978）、〈紅龜粿〉（1978）到
《天燈‧母親》（1997），鄭清文所寫的童話，都可納入「鄉土文學」
的範疇來談。

　　有意思的一點是，根據黃凡與林燿德的說法：

> 六〇年代和七〇年代期間的台灣文學，鄉土小說一直被視為
> 主流之一，但自八〇年代肇始，台灣全面都市化，文化也進
> 入多元化階段之後，鄉土小說的敘事傳統，在質在量皆顯得
> 後繼乏力，而逐漸退居邊緣系列的位置。（黃凡與林燿德，
> 1989：12）

　　〈鬼姑娘〉與〈紅龜粿〉皆寫於一九七〇年代，那的確是「鄉
土文學」的年代。然則，《天燈‧母親》出現時，已是一九九〇年代
末期，當時台灣小說書寫鄉村的盛況早已不再。[5]鄭清文「藉由『返

5　馬森在〈《中華現代文學大系（貳）‧臺灣一九八九～二〇〇三》‧小說卷
　序〉中，反省了 1989～2003 年的台灣小說，認為「就題材而言，寫本土
　的雖然仍佔多數，但寫鄉土的（如果專指台灣的農村而言）卻已寥寥無幾。
　相反的，寫都市的小說卻大量增加，反映出今日台灣普遍的都市化傾向。」
　（馬森，2003：12）

鄉』的書寫模式以便回溯舊時往事」（邱子寧語），繼續寫他的「鄉土童話」，替台灣「鄉土文學」傳下了薪火，難能可貴。

回憶，是不隨時光流轉而改變的。鄭清文活過那個年代，即使時已移、事已往、「舊鎮」已成為「新莊」，他仍寫得出那樣的童話。一如應鳳凰所說：

> 《天燈・母親》裡如詩一般的生活場景，保存了早期臺灣農村的歷史紀錄。……若不是鄭清文童年有過這些生活經驗，他寫的童話故事不可能如此詳細記載農夫從搓草、割稻、挑穀、曬穀的全套過程。鄭清文的作品，尤其是童話，因此特別帶有一種「臺灣鄉下人」的風味。（應鳳凰，2003：113）

但鄭清文畢竟是台灣所謂「戰後第二代」的作家，如今已年逾七旬。筆者曾說鄭清文的童話「對古早台灣的描寫，是絕大多數年輕作者所不及的。」（徐錦成：2004：14）這句話一方面是對鄭清文的讚賞，另一方面，其實也是對一種童話類型即將失傳的憂心。因為，大部分的年輕童話作家，已沒有鄉村生活可以體驗了。鄭清文替自己的短篇小說集《相思子花》寫〈序〉，裡頭有這麼一段話：

> 現代有許多許多的作家，可能比過去任何時代都要多。他們有他們的生活，他們有他們的寫作重點，他們有他們的方法。但是他們似乎沒有趕上那個時代。……
> 時間是不回頭的。那時候的許多事，已隨時代的轉變，迅速的消失在時間裡面了，而那些已消失的，也恐怕不會再回來了。我惦念那一些，屬於那個時候的特殊事物，包括一些美好的，

也包括一些不幸的。

我惦念那一些，屬於那個時候的特殊事物，懷著一些喜悅，也懷著一些惆悵的。（鄭清文，1992：6）

這段話若拿來替鄭清文的「鄉土童話」作註腳，誰曰不宜？

如果我們將童話視為一種大文學類型，為了討論或研究方便，將之更加細分是常見的事。「科幻童話」、「動物童話」、「鄉土童話」……等，都可以是童話這一類文學之下的次類型。而像鄭清文這樣的童話，除了以「鄉土童話」名之，我們想不到有其他更好的定位。

但「鄉土童話」這標籤可不能隨便貼。我們認為鄭清文的童話具有這樣的意義，是因為從主題、內容、形式……等方面考量，均可得到驗證。然而很不幸，台灣童話界之前從未細想過「鄉土童話」的意義，對這個名詞並不在意，以致曾有過一次相當明顯的失誤。更糟的是，至今還未見有人提出異議，錯誤尚未見到更正。要談台灣「鄉土童話」，這個案例實在值得一談。

一九九三年十月李潼的童話集《水柳村的抱抱樹》出版了（天衛文化），全書共收錄十四篇童話。這是這本書的初版本，但不是我們要談的版本。一九九八年一月，出版社再度將這本書重新出版，照理該說是「二版」，但這本書的版權頁上卻註明「初版」，彷彿這本書之前從未出版過。而這個版本當然是與之前的初版本有些不同。其中一個「不同」，是它多了一篇〈歡迎光臨台灣鄉土童話區〉的文章。這篇短文約五百字，置於「目錄」之後、「正文」之前，按

理說可視為一篇「序」。這篇文章並未署名作者，無法確定出自作者李潼或編者的手筆。然而依據簡奈特「側文本」之說，該文做為書中內容的一部分，殆無疑義。

這篇短文描寫小女孩小如站在遊樂園前，考慮「玩哪一邊好呢？美國遊樂區？還是到日本遊樂區好了。不好，維京海盜遊樂區可能比較好玩……」這時她背後突然出現一位老婆婆，告訴她「那些都不好玩，台灣鄉土童話區才好玩。」小如有所疑慮，老婆婆加以解釋。兩人對話幾句後，老婆婆扯開清亮的嗓子唱起歌來：「稻田烤瓜香又香，河裡撈蝦捕魚忙，山中摘果蟬聲揚。擲擲沙包，陀螺響，啃啃甘蔗，喝愛玉，台灣鄉間歡樂長。」最後小如拉著老婆婆的手，一起走進「台灣鄉土童話區」。

這篇短文之後，有兩張跨頁的彩色插畫（也就是佔了四頁），緊接著便是李潼的童話正文。假設一位讀者看了這篇短文，必定會想像李潼這本書是一本取材自台灣鄉土的童話集。但事實完全相反！因為這篇短文而期待看到「台灣鄉土童話」的讀者，只要看了第一篇童話的開頭，便會了解，出版社只是把「台灣鄉土童話區」這個名詞拿來當噱頭，與實際內容風馬牛不相及。

《水柳村的抱抱樹》的第一篇童話叫〈紅目猴和白晴虎〉，開頭第一句是這樣寫的：「自從貓熊被運到動物園之後，第一天，來動物園參觀的人群就增加了三倍。」（李潼，1998：25）事實上，直到二〇〇六年的今日，台灣還不曾有「貓熊」。中國大陸想送台灣兩隻，但台灣尚未接受。如果寫「貓熊」的童話可以號稱「台灣鄉土童話」，那真不知道「台灣鄉土童話」有何範疇可言了——難道只要台灣人所寫或在台灣發表、出版的童話都是「台灣鄉土童話」？

　　再看《水柳村的抱抱樹》裡的其他篇，不管寫的是「水柳村」（〈水柳村的抱抱樹〉）、「枕頭山」（〈枕頭山〉）或「拉拉山」（〈小獅子的新扇子〉），都看不出是台灣地名。至於「魯卡國」（〈七彩牙〉、〈罵人風與擋風板〉、〈魯卡國的橘子節〉），則根本是子虛烏有的奇幻世界，跟台灣鄉土扯不上關係！

　　全書勉強跟台灣扯得上邊的，只有兩個角色：魔神仔（〈迷路的魔神仔〉）和虎姑婆（〈虎姑婆和好姑婆〉）。台語的「魔神仔」是一種鬼魅；而「虎姑婆」是著名的台灣民間故事（但「虎姑婆」並非台灣「土生土長」的民間故事，詳見後文）。

　　然而若要說李潼的〈迷路的魔神仔〉和〈虎姑婆和好姑婆〉是「台灣鄉土童話」，還是不妥當。李潼筆下的魔神仔固然會「在森林裡騙人，讓人迷路，帶人去吃牛糞變的草粿、草蜢腳變的雞腿」，這與台灣民間傳說的「魔神仔」形象若合符節。但另一方面，他也是個「住在綠森林的老樹洞」的小綠人；他之所以迷路，是因為「帶一個迷路的登山客下山，他說魯卡國的城市很熱鬧，要我躲在他的背包裡，跟他來參觀，我就來了。」（李潼，1998：79）這寫的都不是台灣。顯而易見，李潼只是借用「魔神仔」這個台語名詞，並未沿襲「魔神仔」這個深入台灣民間的角色的特性[6]。若把這篇的篇名改成〈迷路的小綠人〉，對內容毫無影響。

---

[6]　鄭清文《採桃記》裡也有一章〈魔神仔〉，其中提到：「台灣有一種傳說。在山野間，有一種小鬼，叫魔神仔。魔神仔喜歡惡作劇，不會蓄意害人。他在晚間出沒，把落單的人帶進迷宮裡，用牛糞和草蜢，當做米糕和雞腿，塞飽那個迷路的人。有些魔神仔，也會帶人走進山谷，讓他們不能出來，有時也會凍死或餓死。」（鄭清文，2004c：224）鄭清文與李潼筆下的「魔神仔」雖有細節上的不同，但害人的舉動如一。另一件有趣的事，是鄭清

至於〈虎姑婆和好姑婆〉，則算是一篇意圖顛覆傳統民間故事的童話。虎姑婆和好姑婆是雙胞胎姊妹。虎姑婆長得凶，所以被誤傳她會吃人，其實是個好人。好姑婆則是面善心也善，替她妹妹覺得委屈，決意幫她妹妹洗刷冤屈。李潼從古典（民間）童話取材，但實際上已全然創新。

此外，虎姑婆的故事雖然在台灣流傳，但台灣並不產虎。據考證，虎姑婆的故事應是清朝時，從中國大陸隨著東南沿海移民帶來台灣的[7]。說虎姑婆是台灣民間故事，也有商榷的餘地（這點在第五章有續論）。

總之，《水柳村的抱抱樹》做為「台灣鄉土童話」可說名實不符。出版社將「台灣鄉土童話」的稱號冠上這本書，除了商業目的，我們實在想不出有其他原因。解嚴之後，台灣本土意識興起得又快又高，一九九三年《水柳村的抱抱樹》初版時，出版社大概還未意識到「台灣鄉土童話」這個稱號可以當做賣點，但一九九八年他們顯然已經想到：把出版品與台灣鄉土結合，對行銷極有利。

一九九八年新版的《水柳村的抱抱樹》，在書末附錄了十頁彩色頁，介紹五個單元，依序是：「河邊景觀」，介紹河邊洗衣服及打水漂兒；「稻田裡」，介紹利用稻梗製作玩具刀玩遊戲，以及在休耕的稻田裡烤地瓜的方法；「鄉間孩子的山上活動」，介紹台灣常見的蟬，以及猴子等山上的動物；「台灣的小吃」，介紹鼎邊銼、碗粿、米苔

文在早期童話〈鬼姑娘〉裡提到鬼姑娘「會像魍神，把迷途的人引入樹林裡，餵飽牛屎和牛尿。」（鄭清文，1985：16）當時鄭清文把「魔神仔」稱作「魍神」。
[7]　參考吳安清碩士論文〈虎姑婆故事研究〉。

目等小吃；「大宅院的傍晚」，介紹抽陀螺等遊戲。這五個單元都跨頁處理，內容確實很「台灣鄉土」。但問題是，這並非童話，更不是李潼所寫。出版社將這十頁附錄在李潼童話之末，就出版的角度來說是創意之舉，但以文學──也就是童話──的角度來看，實在沒有理由因此說李潼寫出一部「台灣鄉土童話」。

　　出版社的技倆，按理說是針對消費者來耍的。買書者不一定是研究者。就現實狀況來說，研究者在買書者之中僅是少數。研究者理應能從實際內容去分辨一本書的名實，而不受出版社的誤導。出版業與學術界理論上應橋歸橋、路歸路，井水不犯河水。但根據我們從現實得來的經驗，井水、河水經常匯流，難分難解。[8]要避免兩者互相「影響」甚至互相「干預」，保持距離絕對必要。

　　在論析鄭清文《燕心果》時，筆者已提到出版社對學術研究的干擾（參見本論文第三章第二節）。出版社一下子說《燕心果》「是作者的第一本小小說」，一下子又說「收錄在《燕心果》集中的童話計有十九篇」。此一時，彼一時，其實都只是「方便說」，目的在吸

8　在 2000 年 3 月所公佈的「台灣（1945～1998）兒童文學一○○」的名單中，「童話類」共有十五本入選，《水柳村的抱抱樹》赫然在列。當時的台東師範學院兒童文學研究所的碩士班研究生藍涵馨替這本書寫了一篇書評，如此論析此書：「以台灣本土的各種現象為素材，用童話的表現形式來呈現，成了本書最大的特色，也是最值得喝采的優點。……〈紅目猴和白睛虎〉是居住在動物園的兩隻動物，卻嫉妒外來客『貓熊』，後來因為同情『貓熊』，幫助分散人群的目光，使『貓熊』快樂，自己也快樂。……仔細的看《水柳村的抱抱樹》，我們可以發現台灣社會上種種的現實問題的呈現。」（藍涵馨，2000：49）然而筆者看完《水柳村的抱抱樹》之後，實在不曾「發現台灣社會上種種的現實問題的呈現」，更無法同意本書「以台灣本土的各種現象為素材」的說法！筆者毋寧認為，這篇書評是受了此書的「包裝」的影響。

引消費者購書。前者希望吸引喜歡看「小小說」的讀者，後者希望爭取「童話」的愛好者。這些說法研究者可以參考，但當不得真。

回到鄭清文身上。筆者認為，至今為止，鄭清文毫無疑問是創作「台灣鄉土童話」成就作高的作家。後繼是否有人？看來並不樂觀。只是，一些「非台灣鄉土童話」卻冠上「台灣鄉土童話」之名，無論如何是我們不能同意的。

第四節　結語

巴爾特說：「不管文學宣稱自己屬於何種流派，它斷然絕對地是現實主義的，它就是現實，即現實的閃現。」（羅蘭‧巴爾特，1991：192）走筆至此，或許讀者已經察覺，筆者引用巴爾特的觀點談鄭清文童話，不免要冒一個大險。

「童話不同於其他別種故事體兒童文學作品的重要質素，就是『幻想』。」（蔡尚志，1996：27）鄭清文寫的不是童話嗎？何以筆者不以「幻想性」來要求它，反而引用一些幾乎相對立的概念──如「鄉土文學」、「現實主義」等──予以評價呢？

筆者的回答是：鄭清文這樣寫童話，在台灣是僅此一家、別無分號的。如此特殊的童話家，以一般的童話批評尺度對之衡量，結果就像我們已知的：我們曾經長時期埋沒了鄭清文童話！

換一個角度，我們看見一個新結果。何樂而不為呢？

　　而童話這種強調幻想性的文類，居然也能「反映現實」、「反映人生」、為時代留下紀錄。如果不是通過鄭清文，我們可能仍不知道這是件可能的事呢！

第伍章　本土色彩
——鄭清文童話的政治意識

第一節　從「台灣文學」談起

　　無可諱言，因為特殊的政治環境與歷史因素，「台灣文學」在台灣文學界成為特殊而重要的議題。「台灣文學」是什麼？李瑞騰曾經這樣說：

> 所謂「台灣文學」，簡單的說就是在台灣這個地方所形成、發展出來的文學，文學是以文字做為表現媒介，而在台灣的人民是講中國話、寫中國字的，所以「台灣文學」的先決條件就是用中文寫作，不過由於台灣具有非常獨特的歷史條件，此地在日據下的戰爭時期（一九三七——九四五），漢文被殖民政府明令全面查禁，作家不得不改採日文創作，所以出現相當多的日文文學。這些作品也應該是「台灣文學」的一部分，至於最近有人以「文字化台語」書寫，在廣義中文的角度來看，可以說也是「台灣文學」。（李瑞騰，1991：9）

　　李瑞騰的「台灣文學」範疇無疑極為寬廣，甚至包括使用日文和「文字化台語」所寫出的作品。但不可諱言，「台灣文學」也有較

為狹義的定義。狹義的「台灣文學」，通常是指具有台灣本土意識、描寫台灣風土人情、反映台灣現實狀況的文學。

對於「台灣文學」名實的爭議，台灣文學界有過精采且深刻的論辯。但這些論辯，事實上僅是「台灣成人文學」的論辯。「台灣兒童文學」在這些論辯中是缺席的。

或曰：「『台灣文學』的論辯有其普遍性，解決了『台灣（成人）文學』的論辯，自然也就解決了『台灣兒童文學』的論辯了。」就如同馬森撰寫〈當代台灣小說的中國結與台灣結〉一文，處理「台灣小說」的定義時，先討論「台灣文學」的定義，繼而說：「以上的討論，只要把『台灣文學』中的『文學』兩字換成『小說』，就成為對『台灣小說』的各種定義了。」（馬森，1997：329）一樣。

這種說法看似無誤──起碼馬森這樣處理「台灣小說」問題時，並未使人覺得不妥──但深一層想，不禁懷疑，兒童文學可以如此照辦嗎？

答案應是否定的！因為在兒童文學長期被主流文壇（成人文學）忽視的情況下，我們實不知兒童文學在「台灣文學」論辯的缺席，究竟原因為何？

是無須論辯？──因為問題的本質與「成人文學」一樣。

還是不值得論辯？──因為「台灣兒童文學」的成績微薄，不值一顧。

或是想論辯卻不知從何論起？──因為台灣還沒有發展出屬於台灣的「台灣兒童文學」，有的只是以中文寫成的「西洋兒童文學」，及屬於中國的、卻發表在台灣的「中國兒童文學」。

　　這樣看來,「台灣兒童文學」的相關問題並不簡單,實有討論的必要。

　　這一章要談的是鄭清文童話中的本土色彩及台灣意識,但仍宜從「台灣文學」、「台灣兒童文學」及「台灣童話」等大方向談起。上述所引的馬森的講法,在方法上其實可以引用。解決了「台灣兒童文學」的相關問題後,套句馬森的話:「只要把『台灣兒童文學』中的『兒童文學』四字換成『童話』,就成為對『台灣童話』的各種定義了。」

第二節　台灣兒童文學「本土意識」的源起

　　在台灣(成人)文學界,有關「台灣文學」的論辯由來已久。如果我們以「本土意識」的覺醒做為「台灣文學」論辯的指標,則如馬森所說:

> 所謂「本土意識」,在文學界是早已存在的潛流,可以遠溯到日據時代。那時候台灣的文人有的傾向於跟日本文化認同,有的則抱有本土意識,早是不言自明的情形。這在一九二五年,《台灣民報》就刊載過一篇社論,提倡具有地方色彩的文學。……提倡地方色彩的文學並不等同於「本土意識」,但可以導向「本土意識」的覺醒。(馬森,1997:320)

　　馬森認為「台灣文學」裡的「本土意識」覺醒已有八十年以上的歷史（從一九二五年算起），這是溯源式的、很寬廣的講法。如果我們不願溯源，則不妨保守一點，從一九八一年詹宏志發表〈兩種文學心靈──評兩篇聯合報小說獎得獎作品〉提出「邊疆文學」一詞[1]算起。這樣一算，最近的一次「台灣文學」的論辯也有四分之一世紀的歷史了。

　　但「台灣兒童文學」的論辯要從何時算起呢？筆者認為應以一九九八年蔡尚志發表〈台灣兒童文學今何奈？〉[2]為起點。這，當然是比「成人文學界」落後許多。

　　在本論文第一章中，筆者提到林良說「一九九八年是兒童文學童話年」，原因是該年舉辦了兩場規模盛大的童話學術研討會。第一場是三月二十二至二十三日共兩天，由「中國海峽兩岸兒童文學研究會」與「民生報」合辦的「一九九八年海峽兩岸童話學術研討會」；

---

[1]　詹宏志該文發表於 1981 年 1 月。同年 7 月，李喬以「壹闡提」為筆名在《台灣文藝》第 73 期（革新號第 20 期）發表〈我看「台灣文學」〉，文章開頭即曰：「關於『台灣文學』的界說、位置、性格、方向等，近年文學界不少人士為文論及。最引人的是詹宏志先生在一篇評文引子中的兩句話：『我們卅年來的文學，會不會成為徒然的浪費？』『這一切，在將來，都只能算是邊疆文學。』高天生對此在《台灣文藝》革新第十九期有專文〈歷史悲運的頑抗〉加以討論。葉石濤先生在五月號《中國論壇》有〈論台灣文學應走的方向〉一文，接著《眾副》出現彭瑞金先生的〈關於台灣文學的方向〉提出他的看法。凡此真是波濤洶湧，聲勢十分可觀。另外，宋澤萊先生也有針對這個論題的長篇論文〈文學十日談〉將在近中發表。顯然的，有關「台灣文學」的理論與實際，其本身及客觀形勢，似乎已然到了必須檢視與探討的時候。」故詹宏志該文實可視為當年「台灣文學」名實論爭的起點。

[2]　該文後經蔡氏修訂，收錄於氏著《探索兒童文學》一書，本文引用皆以修訂版為準。

第二場是該年三月二十六日至二十七日共兩天，由台東師範學院
（今台東大學）主辦的「一九四五年以來台灣地區現代童話學術研
討會」──這也是一九九七年該所創立以來，第一次舉辦的大型學術
研討會。

　　事實上該年另有一場規模盛大的兒童文學研討會，只不過它不
是專屬於「童話」的研討會。那便是五月三十至三十一日共兩天在
靜宜大學舉行的「第一屆兒童文學國際學術研討會」。蔡尚志的〈台
灣兒童文學今何奈？〉一文便發表於這場研討會中。而這篇論文與
前述兩場學術研討會頗有關聯，因為文章一開始，蔡尚志便說：

> 　　今年三月下旬，筆者曾先後參加了兩個有關「台灣童話」的
> 學術研討會，這兩個學術研討會都邀請了幾位中國當今最前
> 衛的著名學者專家參加。筆者在聆聽他們的論文發表及討論
> 意見時，不斷聽到以下這些強人所難的論調：「當代台灣童話
> 是當代中國兒童文學的一個重要的組成部份」、「對中國人文
> 傳統的承襲與傳播仍是這數十年間台灣童話的中心話語」。又
> 說，台灣的環保童話「傳唱著那曲華夏文化傳統中人與自然
> 相擁相依，和諧相處的古老歌謠」，「稟承了『天人合一』的
> 餘脈，是經歷了自然懲罰後的一部份中國人對傳統文化的理
> 性回歸與自覺體認」，讓兒童「從小受到古老文化的浸染，給
> 他們幼小的心靈打上民族文化的底色」。而國內某些童話作家
> 們，更赤裸裸地呼籲：台灣的兒童文學應該跟中國的兒童文
> 學「合肥」。這些論調似是而非，令人茫茫然不知所云；不少
> 與會的學者專家們紛紛交頭接耳：「台灣的童話到底是怎麼一

回事了？」「台灣到底有沒有自己的童話？」「台灣的童話是
否有自己的風貌？又反映了什麼特色？」「台灣的童話作家，
難道是隔著台灣海峽遙寫中國童話嗎？」「台灣的兒童文學作
家們，到底是在寫『台灣的』兒童文學？還是『中國的』兒
童文學？」（蔡尚志，1999：3）

　　學者專家們私底下「交頭接耳」是一回事，但寫成論文在研討
會上發表，就是另一回事了。台灣兒童文學學者之前並非沒有過台
灣主體性的反省，但考察文獻，蔡尚志這篇文章仍是第一槍。不過
有一點必須說明，蔡尚志所提的那些「強人所難的論調」，事實上全
都引用自同一篇文章，那便是王泉根與徐迪南合著的〈困惑的現代
與現代的困惑──當今台灣童話創作現象管窺〉一文。王泉根與徐
迪南都是中國大陸學者。老實說，中國大陸學者寫出那樣的論文其實
沒什麼好大驚小怪，畢竟我們難以期待他們承認台灣文學的主體性。
　　不過，期待於台灣學者倒是很有必要的。蔡尚志在文章中就很
清楚地表達了他對台灣兒童文學界的期待：

台灣早已是一個繁榮進步、主權獨立自主的國家；教育普及，
社會開放，經濟發達，出版事業蓬勃，實已為兒童文學奠定
良好的發展基礎。然而，數十年的台灣兒童文學，卻遲遲怯
於邁出本土化、現代化、國際化的腳步。如何建立台灣兒童
文學的「主體性」，增進台灣兒童文學真實的生命意義，是當
前我們要全力以赴的最重要課題。（蔡尚志，1999：3）

　　蔡尚志的論點頗有可商榷之處。他認為台灣兒童文學「遲遲怯於邁出本土化的腳步」，這點筆者並不反對；但台灣兒童文學在一九九八年之前，「現代化、國際化」都有相當的程度了。

　　正如馬森所提醒的：「文學的評論是針對具體的作品而來的，而不應該武斷地為未來的作品指出既定的方向。」（馬森，1997：329）如果缺乏實例說明，那高談「台灣兒童文學」實在沒有多大意義。因此，蔡尚志的論文是否有說服力，應視他所能提出多少「台灣兒童文學」作品而定。而這點，蔡尚志自己也很悲觀：

> 這幾十年來，台灣的兒童文學作品……走入「純想像」的死巷。本來想像和虛構是文學創作不可或缺的思維藝術活動；但是，完全憑想像和虛構創作出來的作品，勢必失去真實性和同情心。台灣童話中所描繪的人物，總跳不出堯、舜、禹、湯、文、武、周公等中國聖人形象；思想主題更是古老中國封建意識的翻版，莫怪中國的學者專家會誤以為「台灣的兒童文學是中國兒童文學的支流」，這是我們不長進而提供給他們不正確的資訊，不能怪他們草率失察。（蔡尚志，1999：8）

　　蔡尚志這段話也有誇張之嫌。筆者並不認為「台灣童話中所描繪的人物，總跳不出堯、舜、禹、湯、文、武、周公等中國聖人形象；思想主題更是古老中國封建意識的翻版」是事實。但這點且先按下不表。蔡尚志想強調的是，即使在這樣惡劣的環境下，仍「不能完全抹煞致力於台灣兒童文學本土化的先進們的努力」（蔡尚志，1999：8）。在這篇論文中，他總共列出五位作家來證明「台灣兒童文學」確實不是空談：

王詩琅……在五〇年代「以台灣歷史、文物為題材，從事兒童文學之創作」，留下兒童文學合集《喪服的遺臣》，與十二篇記述本土人文活動及思考的「兒童報導文學」，在作品中自然流露出愛台灣的鄉土情懷，為台灣的兒童文學注入可貴的本土氣息，可謂台灣兒童文學史上的第一人。林鍾隆老師的兒童小說《阿輝的心》，描寫六〇年代初，……把台灣當時的農村景緻、生活習俗、人物情韻，描繪得既生動又細膩，既真實又感人，至今仍是屹立台灣兒童文學史的經典之作。

八〇年代初期……鄭清文先生，前後為兒童寫了五篇「深刻優美地描述台灣人的生死觀和民間信仰」的民間傳奇故事，以及十多篇「飄漾著台灣香味的童話」。他的童話背景幾乎全以他所生長、所熟知、所熱愛的台灣鄉村為舞台，因而「構成一幅台灣特有的風情畫」。……

一九八八年李國躍老師膾炙人口的兒童詩集《鄉村》，以樸素平實的筆觸，透過兒童「獵奇」的眼波，描寫農村生活的種種情趣，風格獨特而清新。……一九九七年，陳瑞璧女士的長篇人物故事《下頭伯》……把一個既粗獷又精細的討海人形象，成功地典型化。（蔡尚志，1999：8～9）

　　不難看出，這五位作家──王詩琅、林鍾隆、鄭清文、李國躍及陳瑞璧──各代表不同的時代，也分別代表一種兒童文學文類：兒童報導文學、兒童小說、民間傳奇故事及童話、兒童詩、故事。其中鄭清文代表的是民間傳奇故事及童話兩種文類。而蔡尚志雖未提及鄭清文童話的書名，但我們知道他所指的是《燕心果》一書──

——畢竟在這篇論文發表的一九九九年，鄭清文仍只著有這本童話集而已。

從蔡尚志的行文，我們亦不難看出，他所認定的「台灣兒童文學」是狹義的，絕不是如李瑞騰所說的「在台灣這個地方所形成、發展出來的文學」那樣寬容。蔡尚志認同的「台灣兒童文學」，是與中國大陸的兒童文學分割的、具有台灣「主體性」的兒童文學。

在繼續申論之前，我們必須先自我提醒：以蔡尚志的尺度來看童話（以及鄭清文童話）有其參考價值，但這並非台灣兒童文學界的共識或主流意見。

此外，蔡尚志僅舉出五位作家，而我們是否還舉得出其他作家（的作品）加入這場討論呢？或者，基於本論文的研究範疇，我們把問題縮小到「童話」一類：除了鄭清文，台灣是否還有哪位作家的童話作品可在此一併討論呢？

第三節　鄭清文童話對民間故事的改寫
　　　　與台灣物種的描寫

鄭清文本人曾幾度為文說明自己的童話理念[3]，下面這段話極有代表性：

---

[3] 鄭清文《小國家大文學》收錄有〈台灣童話寫作的一個新動向〉（頁 130～133）、〈我對台灣兒童文學的看法〉（頁 134～143）、〈擔柴入內山——兼評老舍的童話〈寶船〉〉（頁 144～149）及〈濫用法力〉（頁 150～151）等四篇文章，可說是鄭清文童話觀最具代表性的四篇文章。

動物是童話寫作的主要題材。但是……台灣的兒童知道天
鵝、駝鳥，甚至中國傳說中的鳳凰，卻不知道羌，也不知道
烏秋。烏秋站牛背是台灣農村的風情畫。大家住台灣，卻從
孩童時代，就沒有看到台灣。……

在台灣，童話寫作沒有範本，卻有深厚的文化傳統，這個傳
統來自古老的中國。台灣的多數人民，在不同的時期來自中
國，他們把中國的文化傳統也一起帶來了。……

台灣漸漸步入自由、民主的時代。台灣已能漸漸走出政治的
惡夢，但是在文化方面，腳步卻相當緩慢。……

我自己發表過三十多篇童話。在取材方面，我寫鹿，寫燕子，
寫烏秋，也寫白鷺鷥。去年，我發表一篇相當長的童話（按：
指《天燈‧母親》），是以台灣農村作背景，寫那裡的動物、
鳥類和昆蟲。我努力擺脫舊的，不合情理的想法。……

對台灣的童話作家而言，認識台灣，了解台灣，描述台灣是
一個重要的課題。（鄭清文，2000d：130～133）

　　就童話創作而言，鄭清文實在是位「理念先行」的作家。這點
無可厚非，甚至該說十分可貴。因為在「成人文學界」早已沸沸揚
揚創作出大量具有台灣本土風味的小說、散文、詩歌及戲劇之後，
兒童文學界還是風平浪靜。除了鄭清文，沒有人想過要以童話書寫
台灣。

　　上一節引用蔡尚志列舉五位作家的段落，為求精簡有所刪節，
但既然要談鄭清文，則下列這段不能不引述：

> 出現在他（按：指鄭清文）童話裡的，是棲息於台灣島嶼及
> 海洋週邊的動、植物，鳥類及魚類——飛鼠、松鼠、鹿、飯
> 匙倩、雨傘節、青竹絲、木麻黃、林投、菅芒、孔雀、火雞、
> 泥鰍、溪哥仔、鱸鰻、烏魚、飛魚、鯨魚等等，不一而足，
> 具體而微地呈現「海洋文化圈民族」的特殊景物。他筆下的
> 人物名字，喜歡冠上「阿」字的可愛暱稱，鄉土味十足；而
> 傳統應節食品「紅龜粿」則更令人垂涎三尺。他的作品，堪
> 稱是「由台灣人民生活產出來的讀物」，明顯而強烈地具有濃
> 厚的「本土氣息」。（蔡尚志，1999：9）

蔡尚志對鄭清文讚譽有加。但事實上，蔡尚志並不脫岡崎郁子之說。岡崎郁子為了翻譯，對鄭清文童話下過一番研究功夫[4]。她將鄭清文童話分為兩大類：純粹創作的動物童話及根據民間流傳加以改寫的故事（詳見本論文第三章第二節）。她也早就說過：「（鄭清文童話）取材是多方面的，包括動物、鳥類、魚蝦，以及台灣農村的各色人物」（岡崎郁子，1997：244）、「（鄭清文童話）故事的背景全屬台灣」（岡崎郁子，1997：252）。蔡尚志基本上沿用這些說法。

綜合岡崎郁子、蔡尚志及鄭清文本人的看法，可以歸納出兩點：

第一，鄭清文的童話故事有些取材自民間傳說，儘管是全新創作，仍帶有台灣民間故事的風味。

第二，鄭清文童話的角色皆為台灣可見的人物、動物、植物、蟲魚鳥獸。

---

[4] 鄭清文在〈談台灣文學的外文翻譯——從《三腳馬》談起〉一文中說：「《燕心果》的翻譯，岡崎教授用書面至少問了五〇個問題。」（鄭清文，2005：75）

這兩點我們基本上都能同意，以下我們就照這兩點依序來談。

首先是取材自民間故事的童話創作。

民間故事必然帶有地方色彩，台灣民間故事必然帶有台灣色彩，這點無庸置疑。但必須釐清的是：鄭清文「創新」的比例有多大？如果僅是根據民間傳說照錄，那是把民間故事「口語相傳」的形式轉變成「文字流傳」而已，談不上創作。對這點，鄭清文相當自覺，也曾為文說明：

> 觀察世界各國的童話作品，可分為二類，一是經過整理重寫，一是由作者自行創作的。關於整理重寫，已有別人在做，因為我是一個寫小說的人，我的作品，是以創作為主，這是特別要提出來的。（鄭清文，1993：185）

〈鬼姑娘〉是《燕心果》一書十九篇中發表得最早的一篇，也是鄭清文改寫民間故事的例子。這篇童話裡的鬼姑娘是善惡同體。白天是白姑娘，是好鬼；晚上變成黑姑娘，也是壞鬼。當白姑娘生病，黑姑娘就越來越強盛。故事的主要情節，是小孩阿城要去救鬼姑娘（白姑娘）。岡崎郁子認為：

> 〈鬼姑娘〉所寫的是正義或愛的力量一定勝過惡的勸善懲惡的故事。小孩從內心發出的憂慮和純真無邪的愛，打動了鬼姑娘的心。
> 雖然寫的是勸善懲惡的結果，鄭清文所寫的過程卻是大異其趣的。一般的情況是，直接攻擊惡、消滅惡便是正義，這也

就是善戰勝的最終和最大目的。在〈鬼姑娘〉裡，作者所強調的是救善勝於除惡，惡的消滅只是附隨的結果。

鄭清文的童話當然是虛構的，所以地名也是虛構的。但是，〈紅龜粿〉、〈鬼妻〉以及這篇〈鬼姑娘〉所出現的「舊莊」、「舊鎮」是新莊，平頂是桃園台地，是林口一帶的風景。頂埔、中埔、下埔是依地形取名的，「埔」是台語，指野地（鄭清文出生地的桃園鄉下，就叫「下埔」）。這些地方都以作者所生長、所熟知的台灣鄉村為舞台。

登場人物的名字前都加有「阿」字，這不是姓，而是暱稱。（岡崎郁子，1997：268）

　　岡崎郁子的觀察沒錯，「救善勝於除惡」的確是鄭清文與傳統民間故事（「直接攻擊惡、消滅惡」）的不同處。鄭清文也說自己寫〈鬼姑娘〉「把重點放在救善，不在除惡。殺伐容易製造英雄，我重視培養理性的氣質。」（鄭清文，2000d：133）、「傳統的想法，是除害，是要往殺黑姑娘這方向在思考的。」（鄭清文，2000e：139）

　　岡崎郁子認為鄭清文的童話「登場人物的名字前都加有『阿』字，這不是姓，而是暱稱」；蔡尚志則說鄭清文「筆下的人物名字，喜歡冠上『阿』字的可愛暱稱，鄉土味十足」。這說法雖然也沒錯，但必須注意的是，這裡的「鄉土味」並不能直指「台灣鄉土」，因為「阿」字並非台灣專用。譬如司馬中原的〈血光娘子廟〉[5]，主角也叫「阿旺」，恰巧與《天燈・母親》的主角同名，但司馬中原寫的並不是台灣。

---

[5]　〈血光娘子廟〉收錄於《司馬中原童話》一書（台北：九歌，2006年6月）。

　　兒童文學的次文類裡，也有民間故事這一類。[6]取材自台灣民間故事的作品很多，但如果缺乏「再創作」的企圖心，則「民間故事」並不會成為「童話」。傅林統對這點有過析論：

> 坊間以「民間故事」為名的出版物不在少數，然而「民間故事」是不同於小說和童話的，它有許多傳承的條件和限制，以及它特殊的風格。
>
> 民間故事是產生於一般平民之間的，原創者已無法考證，它是屬於全民的創作，而不是個人的作品。
>
> 民間故事可以改寫、延伸、渲染。但如果將之「再創作」，使之脫胎換骨，灌注新精神、新意義，而對「民族的心靈」加以改頭換面，就已不再屬於「民間故事」的項目了。一般咸認，「格林童話」是屬於傳承的民間故事，而「安徒生童話」雖然有很多篇章取材於丹麥民間故事，卻另成一格為「創作童話」。這並不是優劣高低的問題，而是類型上的差別。我們認為既屬「民間故事」，它雖然經過不斷的改寫，但產生故事的民族的文化、情感、思想上的種種特質仍應保存。（傅林統，2000：99）

　　要再補充的是，「幻想性」是童話的必要條件。而民間故事有寫實故事，也有幻想故事。寫實性的民間故事經過寫實性的改寫、重寫，可成為寫實性質的小說或故事。而具有幻想性的民間故事經過

6　以「台灣（1945～1998）兒童文學一○○」為例，該活動共分十大類分組評選，這十大類是：兒童故事、童話、小說、寓言、民間故事、兒歌、童詩、兒童戲劇、兒童散文、圖畫故事。

改寫，或者，寫實的民間故事加以幻想性的改寫，才可能成為創新的童話。

　　除了鄭清文之外，傅林統也在二〇〇五年於《國語日報・兒童文藝版》發表一系列「月亮說的故事」[7]，其中首篇〈超人七兄弟〉描寫七胞胎兄弟——大頭一、長手二、硬頸三、韌皮四、畏寒五、長腳六及深目七——為了治母親的病，去火焰山偷火鳳凰蛋，繼而與看守火鳳凰蛋的魔王鬥法的故事。七兄弟各有一項專長，兄弟同心，連魔王也拿他們沒辦法。這篇童話入選筆者所主編的《九十四年童話選》。在該書的「編委的話」中，筆者說：

> 傅林統先生是台灣兒童文學的先行者。本年度他發表一系列
> 「月亮說的故事」，是民間故事的重寫。民間故事是童話的豐
> 富泉源，整理民間故事（或民間童話）也是童話界的重要課
> 題。傅先生身體力行，證明寶刀未老。本篇中超人與魔王的
> 性格都具有現代感，可說既保留了舊有的故事架構，也賦予
> 了時代新意。（徐錦成，2006：159）

　　另一位小主編張家欣則認為傅林統「以我們熟悉的民間童話當作題材改寫，令人有從前所熟識的溫馨感。」（徐錦成，2006：159）的確，在熟悉的舊題材上增添新意，應是民間童話演變為「創作童

---

[7]　傅林統 2005 年發表在《國語日報・兒童文藝版》的「月亮說的故事」共計十篇，依序是〈超人七兄弟〉（9 月 21 日）、〈三個爸爸的張趙胡〉（9 月 28～29 日）、〈水鬼當城隍〉（10 月 5～6 日）、〈月仙美容院〉（10 月 12～13 日）、〈李步直的月下良緣〉（10 月 19～20 日）、〈鳳嬌的夢魘〉（10 月 26 日）、〈海神娶親〉（11 月 2 日）、〈山谷的歌聲〉（11 月 9 日）、〈劍潭的水怪〉（11 月 16 日）及〈王子和公主的大鳥朋友〉（11 月 23～24 日）。

話」的關鍵。鄭清文與傅林統在這點可說有志一同。蔡尚志的論文如果現在才寫，應該也會將傅林統列入為範本吧。

　　鄭、傅兩位都是現今七十歲以上的資深作家。我們尚未見年輕童話作家從民間故事挖寶，這極可能是年輕一輩作家已日漸不熟悉傳統民間故事的緣故。但願年輕一輩的童話作家能早日發現民間故事這塊豐富的寶藏。

　　第二點要談的，是鄭清文童話中大量的台灣動物、植物、蟲魚鳥獸。這一點，也是鄭清文有意為之的。他曾說：

> 我們的兒童文學，因受外國作品和中國作品的影響，時常忘掉取材本土的重要性。
> 很多人知道玫瑰花、鬱金香，卻不太知道日日春和煮飯花。當然，也更少人知道林投的葉子可以做笛子，以及如何做。台灣有海、有山、有河川、有森林。台灣也有許多的動物，這裡面充滿著生動的材料。其實，寫自己所熟悉的事物是更能得心應手的。
> 不但如此，由這裡面所產生的故事，可以使小孩接近自然，喜歡自然。由這裡了解自己的鄉土，喜歡自己的鄉土，這是非常重要的。（鄭清文，2000e：136）

　　這段話十分令人感動。但我們必須再次強調，童話是幻想性質的文體，不是寫實的。要在童話裡描寫台灣的海、山、河川、森林及動物都沒問題，但如果「只能」描寫台灣的海、山、河川、森林及動物，那取材必定受到極大的限制。

檢視鄭清文的童話，我們看到他寫麻雀（〈麻雀築巢〉）、鹿（〈鹿角神木〉）、松鼠（〈松鼠的尾巴〉）、泥鰍和溪哥仔（〈泥鰍和溪哥仔〉）、火雞（〈火雞密使〉及〈夜襲火雞城〉，兩篇為姊妹作）（以上出自《燕心果》）、臭青龜子（〈臭青龜子〉）、猴子（〈憨猴搬石頭〉）、黑熊（〈台灣黑熊〉）、蛇（〈蛇太祖媽〉）、羊（〈麗花園〉）（以上出自《採桃記》）……等等。這些鳥類、動物、昆蟲都是台灣找得到的。且先不論它們在其他地方也找得到，但鄭清文至少做到他所說的「寫自己所熟悉的事物」。

不過我們也發現，鄭清文也寫蜂鳥（〈蜂鳥的眼淚〉）、松雞（〈松雞王〉）、斑馬（〈斑馬〉）甚至恐龍（〈恐龍的末日〉）。這些物種就不是台灣所產了。這說明要在童話這種文體裡限制幻想的幅度──只能書寫有限的物種──有時不容易做到。

此外，童話的「幻想性」允許作者描寫動物、植物、蟲魚鳥獸時可以天馬行空，無須根據物種的習性。譬如黃郁文有一篇〈飛吧！飛吧！飛向薩摩亞！〉，寫的是全世界的鳥類都飛到南太平洋的海上樂園薩摩亞，參加一場「全球鳥類才藝表演大會」。在現實上，有些不同種的鳥類根本不會湊在一起；也有些鳥類不擅長途飛行，飛不到薩摩亞。但我們不能因此指責作者不諳鳥性。該文入選《九十五年童話選》。筆者在「編委的話」中說：「童話就是有這樣的特權！」（徐錦成，2006：102）事實上，筆者並不認為童話描寫動物、植物時，必須符合物種原有的特性。

法國作家馬歇爾‧埃梅（Marcel Aymé）寫過一部動物童話集《貓咪躲高高》（*Les Contes du Chat Perché*，1939），書中對於動物的幻

想性描寫，遭到批評家以寫實角度責難。埃梅對此很不服氣，日後出書，加了一篇〈作者前言〉反駁：

> 我自然無意遏阻自恃頭腦清醒的讀者。相反的，所有的人都在歡迎之列。我只想敬告某些實事求是的人、某些容易被觸怒的人，懇請他們在可能的範圍內，不要過於苛責我描寫得不夠逼真。關於這一點，已經有一位著名的批評家以他卓越的才智指出來：如果動物會說話，牠們一定不會像在《貓咪躲高高》一書中那樣的說話。他說的的確有道理。事實上，沒有人敢斷言，如果動物會說話，牠們不會談政治、不會談阿留申群島科學發展的前景。也許，牠們甚至也會寫出色的文學批評。我完全無法否定類似假設的可能性。因此，我只想提醒我的讀者，這些故事只是純粹的寓言，毫無意圖要製造一種真實的幻覺。關於動物的生理、心理以及習性上種種我所犯的錯誤，我懇切地期待對此一領域學有專長的批評家們予以寬容及指教。（馬歇爾・埃梅，1997：三）

不過，鄭清文對於這點卻有所堅持，這當然是因為他希望讀者透過「了解自己的鄉土」以達到「喜歡自己的鄉土」的緣故。岡崎郁子發現：

> 鄭清文對動物和魚類的習性有相當的研究，從〈松鼠的尾巴〉中的松鼠，利用看來笨大的尾巴作為逃敵的工具，〈泥鰍和溪哥仔〉中，愛好清水的溪哥仔和住在泥土裡的泥鰍，以及……〈白沙灘上的琴聲〉白鯨的描寫中，都可以看出來。

鯨魚有單獨或集體衝上海岸自殺的行為。有一種假定，就是辨認音波的機能故障而起的行動……〈白沙灘上的琴聲〉中的鯨魚的行動，可說是集體自殺。（岡崎郁子，1997：264～265）

鄭清文堅持描寫物種時，應保留該物種的原始習性，令人感動，因為這等於戴著枷鎖起舞，十分不容易。但話說回來，就因為困難，所以，我們尚找不到其他作家像他那樣寫童話。在這一點，鄭清文無疑是台灣童話界最獨特的作家。

申論至此，我們知道岡崎郁子與蔡尚志推崇鄭清文童話都有其理由，而蔡尚志將鄭清文視為（狹義的）「台灣童話」的代表也有其道理。但前文討論到鄭清文童話「登場人物的名字前都加有『阿』字」時，我們已點出，這點並非台灣獨有。以此類推，我們不得不指出，鄭清文念茲在茲的「台灣民間故事」與「台灣物種」，可能也並非台灣所獨有。說得明白些，台灣的民間故事多半是隨著中國大陸移民而來（除了原住民傳說）；而台灣大多數的物種，中國大陸也都有。

鄭清文難道不知道這點嗎？如果不是，則他仍以實際的書寫致力於「台灣童話」的型塑，其真正用意何在？要討論這一點，筆者認為，鄭清文童話中的政治寓意是我們無法迴避的。

第四節　鄭清文童話對政治現狀的折射，
　　　　兼論張嘉驊〈熊貓先生的身份〉

　　事實上，鄭清文童話常影射台灣的政治現況──尤其是與中國大陸的對立這一點。岡崎郁子對鄭清文童話反映台灣政治現況這點也很了解，譬如她如此解析〈泥鰍和溪哥仔〉：

> 大池塘是農人用來儲水和灌溉用的。和溪裡的清水相比，池塘裡的水是渾濁而多泥的。但是，以泥巴為養料的泥鰍，池塘是鄉土。雖然有時也會碰到敵人，冬天缺水時也會缺少氧氣，行動受到了限制；但是土生土長，長久居住池塘的泥鰍，卻知道如何躲開敵人。對泥鰍而言，池塘裡的生活便是一切，必須踏實而滿足地過著日子。
>
> 颱風來了，溪水高漲，住在溪裡的溪哥仔被水沖進了池塘。喜歡乾淨清水的溪哥仔，討厭池塘裡的生活，一心一意想游回溪裡。牠們不聽泥鰍的忠告，無法習慣池塘的生活，最後就被白鷺鷥吃掉了。
>
> 這個故事裡，明顯地，溪哥仔象徵著外省人，泥鰍象徵著台灣人（又稱本省人）。一九四五年，第二次世界大戰以後，從大陸各地來台的稱外省人，那以前來台置籍的漢民族稱台灣人。同為漢民族，兩者之間卻有一條鴻溝。一九四五年以後發生的許多事可說是原因，但是最主要的，是如同〈泥鰍和溪哥仔〉所述，外省人不習慣台灣的生活，一味想念著大陸，無端攪亂台灣人的生活秩序，以後更把自己的想法和秩序強

　　迫台灣人接受，而自己又不想做下賤的工作，以及貪污榨取台灣人、歧視台灣人等等。但是，從這個故事的結尾也可以知道，不接受台灣式的生活，不和台灣人攜手合作，外省人的未來是相當黯淡的。（岡崎郁子，1997：262～263）

　　顯而易見，岡崎郁子幾乎全部從政治的觀點來解讀這篇童話。只是有個問題必須提出，將文本（text）——在此我們不用作品（work）一詞——進行政治上的解讀，純然是讀者的主觀意願。現實上，批評家（專業讀者）對此極有興趣，但一般讀者、甚至兒童讀者就不見得喜歡用這樣的角度看童話。鄭清文說他的童話不只寫給小孩看，就政治諷喻來看，也有他的道理。

　　岡崎郁子解析〈火雞密使〉及〈夜襲火雞城〉這兩篇姊妹作時，甚至藉鄭清文本人來作證：

　　根據作者鄭清文的說法，火雞和孔雀的長期戰爭，是想影射到中國共產黨和國民黨的內戰。一九四五年八月，日本戰敗，台灣歸還中華民國，到一九四九年，蔣介石所領導的國民黨打敗內戰，撤退來台灣，蔣介石本人也渡海到台灣來。其後，實施一黨獨裁的政治，完全忽視台灣人的存在，導致台灣人和外省人的對立，台灣人民對於政府的不信任感，已無法完全拭擦掉。這個故事，如從人民的視點，表示一點點的抵抗，描寫國共內戰，就變成了一篇充滿諷刺和揶揄的寓言。但是，即使撇開這一點，這也是一篇趣味十足的作品。（岡崎郁子，1997：266）

　　如果鄭清文童話果真「撇開這一點（按：指作品中的政治性），也是一篇趣味十足的作品」，則我們不妨認定岡崎郁子以政治來解讀鄭清文，豐富了文本的意義。這是文學批評的價值，當然也是好事。只不過，文學批評的尺度有時很難拿捏，一旦詮釋得太過，便容易被認為是「過度解讀」。

　　邱子寧對岡崎郁子以政治詮釋鄭清文童話便不以為然，他認為即使鄭清文「夫子自道」其童話內容影射政治，讀者也不必附和：

> 其實撇開作者親自解說這層影射所帶來的權威性解讀，作品才真正趣味。照這樣操作（按：指岡崎郁子的解說），所有的戰爭都可以這樣對位，凡是兩軍對壘就可以指涉黨派、族群、政治、國家等等關係上的對峙，政治解讀也果然單調僵化。（邱子寧，2001：136）

　　前述岡崎郁子解釋〈泥鰍和溪哥仔〉，認為「溪哥仔象徵著外省人，泥鰍象徵著台灣人（又稱本省人）」。許素蘭曾以另一種角度解讀，不涉及政治，卻也同樣精采：

> 〈泥鰍和溪哥仔〉裡，「溪哥仔」被描寫成不知內省、傲慢、昧於現實、貪求享樂的角色；和其對照的則是泥鰍隨遇而安、逆境求存的人生觀。透過這兩種角色性格的對照，鄭清文所肯定的是泥鰍粗礪，為生存而生活的生命特質。……
> 然而，平實、素樸、守本份、道德內化的人生態度，卻也相當程度地，反映了台灣人長久以來在惡劣的生存環境下，錘鍊出來，看似柔弱，卻異常堅韌的生命力。尤其是在〈泥鰍

和溪哥仔〉裏，鄭清文特別強調溪哥仔貪圖享樂、好逸惡勞的一面，以反襯泥鰍「與泥土為伍」，靠著稀薄空氣也可以生存的粗糲生命，更是意圖明顯的暗喻。（許素蘭，1999：7～8）

對這兩種看法，邱子寧認為：

按岡崎的政治詮釋，作者的意識形態豈不令人毛骨悚然？簡化的二元價值極容易成為全面化的對立，對位之下的作者倒像是一個講求族群血統純正的基本教義派論者。那麼台灣島上其他族群又以池塘裡的哪一種魚為代表？鯉魚是代表全部的原住民族？不如許素蘭所說，兩種物種代表的是兩種生活態度，是個體後天的態度而非群體先天的種性。（邱子寧，2001：132～133）

如果我們覺得岡崎郁子的解讀有所偏頗，當然最好也提醒自己不要矯枉過正。岡崎郁子並非台灣人，但她研究台灣文學極為注意作品中是否隱藏台灣的歷史、政治狀況的影射。也因此，才對鄭清文童話產生那樣的詮釋。面對鄭清文這種「意念先行」的作家，岡崎郁子的解讀當然並非無的放矢。而身為當代台灣人，讀鄭清文童話更很難避免往政治上聯想。

撇開前述幾位評論者對鄭清文童話解讀意見的相左，也許我們可以舉一篇他們都未能論及的〈精靈猴〉再加細論。這篇一萬餘字的童話發表於二〇〇〇年四月的《文學台灣》季刊（春季號），但故事梗概其實與一九九九年八月發表於《自由時報・自由副刊》的一

千字短文〈童話〉相同。不妨說,〈童話〉是〈精靈猴〉的雛型,而〈精靈猴〉是〈童話〉的完整版。

　　〈精靈猴〉的大意如下:

　　　　南海有一座島嶼,島上有兩座大山,一座虎山,一座猴山,虎山和猴山之間,以一條又深又急的大水溪分隔。虎山本來也有猴子,但有的被虎吃掉,有的逃到猴山來。現在的虎山已沒有猴子,猴山則沒有虎。猴山有許多水果,但猴子繁殖得快,又不懂珍惜食物,所以水果漸漸不夠吃。虎山也產水果,但老虎不吃,所以水果生產過剩。虎山的其他動物快被虎吃光了,所以虎想到要吃猴子。但溪水湍急,虎過不來猴山。虎叫貓頭鷹傳話,希望建造一座橋,讓猴子可以渡溪來虎山吃水果。話傳到猴山引起騷動,大部分的動物都不贊成,怕橋造好之後,虎來猴山大吃動物。但有一些短視的猴子心動了。虎就向這些猴子展開心戰。虎還說,虎和猴子是同一祖先。猴山最後召開會議,表決的結果是不造橋。贊成造橋的猴子們很失望,他們認為其他猴子眼光不夠遠大,虎已經提出許多優厚條件,為何有那麼多蠢猴子反對呢?萬一刺激了虎,惹虎生氣怎麼辦?「不要刺激虎」的說法在猴山傳開,另一方面,虎不斷表示誠意,邀請猴到虎山吃水果。贊成搭橋的猴日漸增多,但原因不同,有的是貪圖虎山的水果、有的是害怕虎、有的是相信虎猴的血統一樣,所以虎猴本一家。最後虎和猴展開談判。猴子要虎保證不吃任何猴子,虎讓步了。虎保證不吃好猴子,而只要猴子遵守虎的條件,就是好猴子。造橋的期間也發生一些事,有些猴子能游水,橋造到一半就偷渡到虎山來偷吃水果,被虎抓到了,又被虎放了。造橋期間,虎總是表現寬容大度,讓猴子失去戒心。等到橋造好了,虎很快就渡

過來，佔據猴山的重要據點。猴子除了躲在樹上，根本逃不掉——而猴子是不可能永遠躲在樹上的。虎開始吃猴了，但虎吃猴子都會找一個理由。理由很容易找，因為那是虎的理由。過了幾年，虎把猴山的猴子都吃光。猴山，變成另一座虎山了。

　　台灣產猴不產虎。鄭清文曾兩次談到「虎姑婆」的故事。他說：「台灣沒有虎，卻有『虎姑婆』的故事。老實說，『虎姑婆』的故事，是相當粗糙的。」（鄭清文，2000e：136）又說：「很多故事不是台灣原生，是來自中國。……像〈虎姑婆〉，台灣並不產虎。」（鄭清文，2004b：99）可見鄭清文知道台灣沒有虎。如果考慮到鄭清文有在童話中描寫台灣物種的習慣，則他這篇童話中寫的虎，就斷然不會指涉台灣島內的族群了。而事實上，猴、虎各暗喻什麼，也沒那麼難體會。[8]筆者甚至認為，對政治稍微有些認識的小學學童也能讀懂本篇的寓意。而在現今的台灣，小孩也在談政治！

　　台灣人讀這篇童話，如果刻意漠視作者意有所指，而僅「就文學論文學」，那未免也太矯情了。詹明信（Fredric Jameson，1934-）曾指出，不少「第三世界」的小說，在視境與設計方面，往往於有意無意之間，折射出整個國家民族的特殊歷史情況。這一類型的呈現，可以通稱為「國族寓意小說（national allegory novel）」[9]。身為馬克思主義的信徒，詹明信所標榜的小說自然偏向於寫實主義小

8　事實上〈精靈猴〉裡的猴群又分為三群：乙中群、大甘群及玄小群。這或許可與台灣的族群問題相對照。不過，筆者在寫這篇童話的摘要時，故意忽略這點。因為在台灣族群衝突如此嚴重的年代，筆者實不忍在這點上細論。

9　詳見詹明信〈處於跨國資本主義時代中的第三世界文學〉一文。該文將「national allegory」譯為「民族寓言」。但鄭樹森則譯為「國族寓意」，本文從鄭譯。

說，譬如他所推崇的中國小說家魯迅，就是寫實主義作家[10]。童話
雖是幻想性質的文類，但檢視鄭清文童話，我們難道不會聯想到：
它們正是一篇篇的「國族寓意童話」嗎？

　　鄭清文的政治傾向，在他的童話中呼之欲出。但問題是，台灣
的政治狀況極為特殊，藍、綠、橘、黃……，熱鬧異常。台灣是一
個民主國家，理論上，每一種顏色都該獲得充分的尊重；但實際上，
每一種顏色都對其他顏色不太尊重。這，當然是「台灣的悲哀」之
一。而在七彩繽紛的現實世界中滋養出來的文學，當然不會只有一
種顏色。

　　除了鄭清文，張嘉驊在二○○四年底發表的〈熊貓先生的身份〉
[11]也是政治諷喻色彩強烈的童話。

　　這篇童話描寫原本住在動物園裡的熊貓先生為了「體驗人生」，
決定離開動物園去看外面的世界。他必須賺錢養活自己，於是去找
工作，但不幸到處碰壁。「碰壁的原因很多」，而這些原因，正是張
嘉驊對台灣政治現狀的諷刺：

> 比如說，雇主要他提出任何學歷或資歷的證明，他卻只能給
> 出一張白白的衛生紙。……
> 或者，當雇主問他：「你是藍的？還是綠的？」他卻傻愣愣的

---

[10] 詹明信認為：「第三世界的文本，甚至那些看起來好像是關於個人和利比
　　多趨力的文本，總是以民族寓言的形式來投射一種政治：關於個人命運的
　　故事包含著第三世界的大眾文化和社會受到衝擊的寓言。……這種寓言化
　　過程的最佳例子是中國最偉大的作家魯迅的第一部傑作〈狂人日記〉。」（詹
　　明信，1994：93）

[11] 〈熊貓先生的身份〉發表於 2004 年 12 月 17～18 日《國語日報‧兒童文藝版》。

看了看自己的身體，回說：「在我身上只有黑跟白，沒有藍跟綠的問題。」一聽這話，雇主當然不會想用他。他真的是在動物園裡待太久了，不曉得想在這個社會活下去，一定要有顏色來當標記。而且，什麼顏色都可以說，就是不能講黑白。或者，有個雇主打量他全身，然後很嚴肅的問說：「你穿著一身熊貓裝，我都弄不清楚你是什麼人？」然後又更嚴肅的問說：「告訴我，你覺得你是中國人？還是台灣人？」

這下子，熊貓先生可傻住了。他想了一下，不打算欺騙雇主，決定說老實話：「我覺得我不是人，可是我好想做個人。」他的樣子也傻得夠可愛了，「真的，我真的好想好想做個人喔！」
（張嘉驊，2005：236～238）

　　若想從這一篇來探究張嘉驊的政治傾向，恐怕比我們讀鄭清文時困難得多了，因為張嘉驊「不問藍綠，只論黑白」，堅持「先做人，再做台灣人或中國人」。不過話說回來，即使在藍天綠地壁壘分明的今日台灣，堅持不表態的中間選民仍佔有相當的比例。張嘉驊這篇童話，無疑替這個時代的台灣現狀留下印記。該文入選《九十三年童話選》，筆者在該書的「編委的話」對這篇下了段註腳：

熊貓身上只有黑與白，沒有藍、綠等顏色；要談身分，首先要認清自己。不用說，這是一篇具有時代意義的、應世且諷世的童話。童話必須跟時代氣圍及社會環境進行對話。張嘉驊這篇童話，再次提醒童話創作者這個日漸被遺忘的原則。
（徐錦成，2005：243）

　　種種因緣際會，造成台灣政治上的現狀。是福？是禍？歷史會給答案。但可以確定的是，只有在現在的台灣，才會產生如鄭清文、張嘉驊那樣的童話。就歷史、政治的角度來說，或許這樣的童話才是典型的「台灣童話」！

　　此外，張嘉驊這篇童話還隱藏一個「密碼」，提供給知道他個人生平的讀者解碼。他在二〇〇一年赴中國北京師範大學攻讀兒童文學博士，是該校中文系第一次招收兒童文學專業的博士生（共三名），這也是中國大陸第一次設立兒童文學博士點。二〇〇四年六月，他以〈兒童文學的童年想像〉通過學位考試，獲得博士學位，是中國大陸第一批兒童文學專業博士（也是首屆的三名博士之一）。由於張嘉驊在台灣已是成名的兒童文學家，他獲得博士學位也在台灣兒童文學界成為話題。[12]然而，當他嘗試在台灣的大學裡投擲履歷，希望謀得一席教職時，卻「到處碰壁」。其原因，就是台灣尚不承認中國大陸的學歷。〈熊貓先生的身份〉中提到熊貓的「雇主要他提出任何學歷或資歷的證明，他卻只能給出一張白白的衛生紙。」事實上便是張嘉驊的自嘲。

　　什麼樣的時代，產生什麼樣的文學作品。張嘉驊將個人遭遇寫入童話，或許識者不多，但若了解內幕，讀這篇童話就格外有所感了。不過，「得其情，哀矜而勿喜」仍應是面對這篇作品應有的態度。

---

[12] 周芳姿曾訪問張嘉驊，「在訪問稿中，張嘉驊提到，被人封為是台灣第一個到大陸拿兒童文學的博士，對兒童文學的未來發展更有自我期許，對於這個舉動，他並不是為自己而活，而是要交出漂亮的成績單。」（周芳姿，2005：19）

第五節　結語

　　總結起來,「台灣童話」若不是泛指「所有在台灣這個地方所形成、發展出來的童話」,而做為一個狹義的專有名詞來看,則「台灣童話」理論上的覺醒可從一九九八年蔡尚志的論文〈台灣兒童文學今何奈?〉為起點。而依據蔡尚志的說法,鄭清文可說是「台灣童話」的先行者。

　　鄭清文童話極具台灣本土色彩,其特色歸納起來有三點。

　　第一,鄭清文童話有從台灣民間故事取材者。除鄭清文外,傅林統的「月亮說的故事」系列也是這一類作品。

　　第二,鄭清文童話刻意描繪台灣的物種(動物、植物、蟲魚鳥獸)。這一點對強調「幻想性」而非寫實精神的童話來說,不免強人所難。鄭清文抱持這種理念寫童話,在台灣可說獨一無二。然而我們也必須指出,台灣的民間故事大多來自中國大陸,而台灣多數的物種也非台灣獨有。鄭清文童話取材民間故事及描繪本土物種,並不是它被視為典型「台灣童話」的主因。

　　第三,鄭清文常在童話中反映台灣特殊的政治現狀。除鄭清文外,近年來這類童話最令人印象深刻者當推張嘉驊的〈熊貓先生的身份〉。借用(並修正)詹明信的說法,這些童話或可稱為「國族寓意童話」。

　　二十幾年來,鄭清文個人對童話創作的堅持,終於使他獲得應有的地位。他的童話展現的台灣風采固然令人折服,但無可諱言,

除了鄭清文本人的努力之外，他的童話之所以從童話界邊緣挪到置高點上，還有一個助力不能不提，那便是：台灣本土意識的日漸高漲。

自政治解嚴之後，台灣文學從「鄉土文學」日漸轉向「本土文學」的追求，意識形態上「去中國化」的傾向也愈加常見[13]。台灣童話中強調台灣意識的作品其實並不多，但鄭清文寫的卻是這樣的童話。

誠如泰瑞・伊果頓（Terry Eagleton，1943-）所言：「文學理論都具有政治意涵。」（泰瑞・伊果頓，1993：244）在現今的台灣高談（狹義的）「台灣文學」，乃至於（狹義的）「台灣童話」，若說毫不沾染政治色彩，未免太過矯情。然則，尹章義在十幾年前就說過：

> 決定台灣文學地位的，絕不是文學以外的東西。台灣作家寫
> 作的客體已經呈現了台灣文學的特殊性，只有量多質精的「台
> 灣文學」作品，才能使「台灣」文學成為中國或華文文學的
> 主流。（尹章義，1990：24）

著有《小國家大文學》一書的鄭清文，政治傾向並不隱晦。像他這樣致力寫作「台灣童話」的作家，或許並不希望作品有朝一日成為「中國文學的主流」。馬森在討論「台灣小說」時表示：

> 如果使今日的台灣小說在未來的中國小說史中佔有一席之
> 地，先決條件是台灣在未來仍是中國的一部分。倘若台灣未

---

[13]　廖咸浩在〈最後的鄉土之子——序林宜澐《耳朵游泳》〉一文中說：「台灣
　　文學史在八十年代中期之後開始了兩個重大的轉向：城市轉向與『本土』
　　轉向。『鄉土文學運動』至此可謂力竭而衰；其中國民族主義取向，由本
　　土論者的台灣意識所取代。」（廖咸浩，2002：5）

　　來走上脫離中國而獨立自主的道路，那麼台灣自當會有獨立
的「台灣國小說」，不管用的是國語中文，還是「台灣話文」，
就像美國或南非的小說家用英文寫作，不必歸入英國小說家
之林一樣。（馬森，1997：350）

　　這樣看來，「台灣童話」（以及「台灣文學」）的未來，注定還要
繼續與政治糾纏。

　　不管政治理念為何，所有致力於創作具有台灣本土意識、描寫
台灣風土人情、反映台灣現實狀況的「台灣童話」的童話家，都是
可敬、可貴的。但在本章最後，筆者還是要藉馬森的話加以提醒：「即
使台灣有一日成為獨立自主的國家，排他性的『本土意識』也並非
獨立的台灣之福。」（馬森，1997：351）

第陸章　結論

第一節　鄭清文童話研究的意義

本論文以鄭清文童話為研究主體，但讀者不難看出，筆者對主流文學（成人文學）及兒童文學的接軌十分著力。筆者相信，這樣的研究取徑，其成果對研究台灣兒童文學者及研究台灣（主流）文學者都會有助益。

先說兒童文學這部分。

本論文第一章說明「童話」的定義時，引用林文寶及陳正治的說法，認為童話需具備四個基本構成要素：兒童性、故事性、趣味性、想像（幻想）性。但也不忘提醒：「定義只是一個參考座標，在論述的過程中或結論處，我們或許會發現──或形成──更好、更新的童話定義。屆時，這個童話座標便不是毫無移動可能了。」如今論文已到了尾聲。我們發現，通過鄭清文童話的討論，這個兒童文學界有所共識的童話定義，確實有檢討的必要。

首先，「兒童性」這一點就有商榷的餘地。兒童文學的主體性，是當它有意與一般文學（成人文學）相對時才有意義。根據鄭清文自述，他寫童話並不專為兒童而寫；也頗有論者認為他的童話不適於兒童。然而在「童年消逝」的年代裡，兒童文化與「成人文化」早已無明顯的界限，童話若不僅限於兒童閱讀，誰曰不宜？況且，

近年來台灣兒童文學發表園地日漸萎縮，許多童話作品發表於「成人文學園地」裡，則「成人童話」亦未嘗不是一種可能的趨勢。在「老少咸宜」的童話寫作趨勢裡，鄭清文可算是位先行者了。

　　其次，「想像（幻想）性」是童話必備的要素，但幻想性的高低程度不能等同於作品的好壞程度。鄭清文童話的故事背景大多設定在台灣鄉土。一方面，這是他的作品特色及優點，另一方面，卻又時有「幻想性不足」的質疑。筆者認為，以「幻想性」要求鄭清文童話，恐怕是用錯了尺度。之前鄭清文童話曾長期未獲重視，這點應是原因之一。

　　至於「趣味性」，本就是見仁見智。有些童話某甲讀來有趣，某乙讀來卻不見得。反之亦然。這點較無辯論的可能。

　　而「故事性」呢？那該是顛撲不破的鐵律，童話當然是講故事，不能單純地記錄事實，也不能僅是抒情。

　　研究鄭清文童話，童話座標宜靈活移動。這是本論文希望給予兒童文學界的忠告。

　　從台灣（主流）文學的觀點來看鄭清文童話，也有新發現。

　　本論文第四章認為：鄭清文童話對鄉村的描繪，帶有一九七○年代台灣「鄉土文學」的餘風。但鄭清文何以到了二十世紀末仍在回顧一九六○年代的台灣鄉村？實因童年是作家心靈的故鄉。鄭清文藉由書寫童話，替他的童年塑像。這樣的童話在台灣獨樹一幟。目前台灣的主流童話作家，都寫不出那樣的老台灣——年輕的作家，沒有那樣的生活經驗。研究台灣鄉土文學者，若未發現鄭清文的鄉土童話，是一大疏漏。

　　本論文第五章認為：鄭清文有意將台灣風土民俗、鳥獸蟲魚寫進童話，大量的台灣意象，也是他的童話的特色。台灣文學在解嚴（一九八○年代中期）之後，日益講求本土色彩，但這樣的風氣基本上並未感染童話界。換言之，大多數的童話作家並未（想）寫具有本土色彩的童話。因此，鄭清文本土色彩濃厚的童話，顯得孤獨而珍貴。此外，鄭清文個人的政治信仰，也透過童話展現出來，這又是他的童話與眾不同之處。

　　從兒童文學的角度讀鄭清文童話，以「異端」（借用岡崎郁子的詞語）視之，是很便宜的事。台灣兒童文學界曾經長期忽略鄭清文，不是沒有原因的。但若從主流（成人）文學史的脈絡來讀鄭清文童話，我們不免要對之歡喜讚嘆了。

　　如今鄭清文童話愈來愈獲台灣兒童文學界重視，但台灣主流（成人）文學界對鄭清文童話認識的程度仍然有限。本論文希望對這個現象有補強的功能。

　　當然，本論文也有向鄭清文童話致敬的用意。筆者相信，在新的世紀，鄭清文童話研究仍方興未艾！

第二節　在台灣文學史上定位鄭清文童話

　　二○○五年六月，邱各容終於出版了《臺灣兒童文學史》（五南）一書。這是他努力多年的一本書，也是台灣學術界期待多年的一本書。在這本書之前，邱各容曾寫過《兒童文學史料初稿 1945～1989》

（一九九〇年八月，富春文化）、《播種希望的人們──台灣兒童文學工作者群像》（二〇〇二年八月，富春文化）、《回首來時路──兒童文學史料工作路迢迢》（二〇〇三年十二月，台北縣政府文化局）等三本台灣文學史料專著。如今回首，我們發現這三本書其實是他為寫這本《臺灣兒童文學史》所作的熱身準備。邱各容在台灣兒童文學研究上浸淫既久且深，無怪乎這本《臺灣兒童文學史》令人期待了。

　　以「台灣兒童文學史」為書名的專書，在這本書之前，其實已有洪文瓊的《台灣兒童文學史》（一九九四年六月，傳文文化）[1]，比邱各容早了十一年。不過，邱各容一書的封面上印有「臺灣第一本兒童文學史」字樣，而林文寶在這本書的〈推薦序：臺灣的兒童文學史〉也說邱著「是臺灣第一本兒童文學史」（林文寶，2005：vi），可見洪文瓊的《台灣兒童文學史》並不受邱、林等人認同。趙天儀也認為：「洪文瓊的《臺灣兒童文學史》等三部著作[2]，是比較廣泛的臺灣兒童文學、兒童讀物的史料著作。所以，雖然名稱取得漂亮，事實上，還是有一段距離。」（趙天儀，2005：IX）

---

[1] 「臺灣」二字，亦有寫成「台灣」者，二者通用。邱各容的《臺灣兒童文學史》一書，「臺灣」始終用「臺」字。據邱氏告知筆者，他之所以用「臺」字，是出版社出的主意，他並不堅持。實際上他並不覺得「臺灣」及「台灣」二者有何分別。洪文瓊的《台（臺）灣兒童文學史》就比較麻煩。書背上印著《台灣兒童文學史》，但封面及封底則是《臺灣兒童文學史》。觀其內文，則基本上用「台灣」二字。但無論如何，這顯示了洪文瓊並未注意兩者有所不同。

[2] 所謂「三部著作」是哪三部？趙天儀並未說明。筆者推測，可能是指《台灣兒童文學史》、《兒童文學見思集》及《兒童圖書的推廣與應用》。這三本書在 1994 年 6 月同時由傳文文化出版。

　　然而，就算邱各容的書果真「是臺灣第一本兒童文學史」又如何？所謂「第一本」，根本就是個迷思（myth），也是個「神話」。爭辯誰是第一或哪一本有資格稱第一，不如把力氣用來討論：哪一本《台灣兒童文學史》寫得好？

　　坦白說，邱各容的《臺灣兒童文學史》包含豐富的史料，但缺少消化，也未深入作品文本來討論，造成好作家、作品與壞作家、作品相提並論的情況。邱各容吝於對作家、作品下評價，看似「客觀」，其實是以「齊頭式平等」掩蓋了真相。林文寶的〈推薦序：臺灣的兒童文學史〉說：

> 全書沒有建構與分期等相關概念的論述。……
>
> 邱氏的書寫方式，跳脫我對兒童文學史的書寫想像，而直接以史料建構之。……
>
> 砍斷眾流、獨指史料，且不論其優良得失，這正是民間學者的可貴處。所謂有一分資料，就說一分話，過多的解釋與引申，並無益於事實的存在。（林文寶，2005：vi）

　　話說得沒錯。只是，我們也必須自我提醒，以史料堆砌而成的著述，是否就是一部（好的）文學史？

　　平心而論，洪文瓊和邱各容的「台（臺）灣兒童文學史」在史料的提供上都有所貢獻。不過討論哪一本寫得比較好畢竟不是本文的重點。筆者想藉此提出的疑問是：現有的「台灣文學史」難道沒有兒童文學的討論嗎？何以「台灣兒童文學史」必須單獨存在呢？將兒童文學與「成人文學」一分為二，是不是妥當的作法呢？

　　很遺憾的，現有的「台灣文學史」的確並未討論兒童文學，這才使得「台灣兒童文學史」的獨立有了意義與必要。而台灣文學界這種「兒童文學與『成人文學』一分為二」的狀況，看來在短時間之內也不會改善！

　　或許有人會說：「一般的文學史都是主流文學史，未納入兒童文學的討論理所當然。」筆者認為，這句話的前半句有理，後半句卻不通。

　　所謂「文學主流」，各國國情不同。在西方，小說、戲劇、詩是主流，但散文卻不是主流。而中國文學史卻不可能不談散文；至於中國小說，也是到了明、清之際才有顯著的篇幅。

　　我們也難以想像一本《丹麥文學史》中，安徒生童話不居顯要的地位。若以「國情」論，「丹麥文學史」絕對無法忽視童話。

　　台灣有豐富的童話。現有的（主流）「台灣文學史」之所以未討論童話，與其說是因為台灣沒有重要或精采的童話，筆者毋寧相信，是因為台灣文學史家們尚未注意到童話這一文類的緣故。這個偏見，正是我們必須矯正的。

　　話說回來，我們當然期待一部能容納兒童文學在內的「台灣文學史」，但如果實現這個希望的機會渺茫，也只好在「台灣兒童文學史」上力求精進。

　　討論鄭清文童話，就某種意義而言，也是再度提醒台灣文學界——不僅「台灣兒童文學界」——這件事。鄭清文是跨界的作家，在「台灣文學史」上具有地位無庸置疑，但如果寫史者不注重兒童文學，則鄭清文在兒童文學上的成就，很容易被遺忘。「台灣文學史」

提到鄭清文時，如果只說他是「小說家」而忘了說他也是「童話家」，則這本文學史將只是一部「台灣成人文學史」罷了。

　　而「台灣兒童文學史」會給鄭清文留下地位嗎？答案當然是肯定的！

　　洪文瓊的《台灣兒童文學史》基本上是以出版業者的角度看歷史，全未涉及作家及作品，不僅鄭清文，事實上沒有童話家在他的書中留名。

　　至於邱各容的《臺灣兒童文學史》，則將鄭清文列為七〇年代崛起的重要作家。以下這一段，是該書專為鄭清文留下的「史蹟」：

> 鄭清文（1932～），台灣台北人，生於桃園。本為小說家，在本年代末期開始投入童話創作的行列，處女作〈鬼姑娘〉發表於《幼獅少年》，後結集出書，名為《燕心果》，這十九篇童話，全是含有族群特色的現代寓言。本書主要作品曾由出身於台大中文研究所的日本留華學生岡崎郁子（現為日本吉備國際大學副教授）譯成日文，書名為《阿里山の神木》。以一位成名的小說家，願意為兒童創作兒童文學作品，鄭清文是其中的一位。此後，他陸續寫出若干膾炙人口的童話作品，獲得相當好評。主要作品有《春雨》、《沙灘上的琴聲》、《天燈》等。（邱各容，2005：140～141）

　　如前所述，邱各容的《臺灣兒童文學史》是現今最新、也較完備的一部「台灣兒童文學史」，有其參考價值。但很遺憾，光是這短短一段對於鄭清文的描述文字，我們就發現以下幾個錯誤。

　　首先，若就發表時間來看，鄭清文最早的童話應是發表於一九七七年六月的〈蛇婆〉和一九七七年十二月的〈捉鬼記〉。這兩篇都早於一九七八年九月發表的〈鬼姑娘〉。邱各容所謂「處女作」除非有其他佐證（譬如作者自述），否則〈鬼姑娘〉不應算是第一篇。

　　其次，《燕心果》十九篇並非全是童話，至少〈荔枝樹〉一篇應歸類為「兒童小說」。而「全是含有族群特色的現代寓言」是李喬的說法。李喬的說法有待商榷，邱各容若能說明出處，或許更好。

　　第三，〈春雨〉是鄭清文的短篇小說[3]，本來也是寫給成人閱讀，不是兒童文學作品。我們不能因為它被畫成繪本出版，就將它歸類為童話[4]。〈沙灘上的琴聲〉原名〈白沙灘上的琴聲〉，是《燕心果》裡的一篇，但被畫成繪本單獨出版[5]。舉〈沙灘上的琴聲〉為例，與《燕心果》有所重複。至於《天燈》，則明顯是《天燈・母親》的筆誤。

　　此外，邱各容的《臺灣兒童文學史》出版時，鄭清文的第三部童話《採桃記》已經出版，也獲得各種肯定，不過邱各容未及補入。

　　我們相信，日後的「台灣文學史」及「台灣兒童文學史」會對鄭清文有更清晰、明顯的定位！

---

[3]　〈春雨〉收錄於鄭清文短篇小說集《春雨》，台北：遠流，1991 年 1 月 16 日。
[4]　繪本《春雨》的繪圖者是幾米，台北：台灣麥克，1998 年 12 月。邱各容於 2005 年撰寫〈以生命熱誠關愛人生的鄭清文──臺灣兒童文學作家與作品研究系列之一〉一文，仍說：「鄭清文的創作童話只有《燕心果》、《春雨》、《採桃記》等少數幾本。」（邱各容，2005：10）將《春雨》視為童話，犯的錯誤依舊。
[5]　繪本《沙灘上的琴聲》的繪圖者是陳建良，台北：台灣英文雜誌社，1998 年 6 月。

　　本論文的最後，我想引用丹妮斯・埃斯卡皮《歐洲青少年文學暨兒童文學》的開頭首段作結。在這段文字中，她引用了我所崇敬的法國新小說家米歇爾・比托爾（Michel Butor, 1926-）的一段話：

> 兒童文學與青少年文學是文學史、文學批評或歷史批評書籍中的「棄嬰」。一般甚至認為專為兒童及青少年所寫的作品不應該稱為「文學」。但比托爾曾說：「如果我們要研究任何一個作者，或任何一個讀者，也就是說我們中的每一個人，卻忽視這項最基本的參考資料──我們童年的那堆光彩奪目的書籍──又如何能夠寫出真正的一部文學史呢？」（丹妮斯・埃斯卡皮，1989：1）

參考書目

甲、鄭清文作品

鄭清文 1983，《新莊──失去龍穴的城鎮》，台北：台灣省政府教育
　　廳，1983 年 4 月 30 日。

鄭清文 1985，《燕心果》，台北：號角，1985 年 3 月 15 日。

鄭清文 1992，〈《相思子花》序〉，於《相思子花》（5～6），台北：
　　麥田，1992 年 7 月 1 日。

鄭清文 1993，《燕心果》，台北：自立晚報，1993 年 2 月。

鄭清文 1998a，〈偶然與必然──文學的形成〉，於《鄭清文短篇小
　　說全集別卷：鄭清文和他的文學》（1～18），台北：麥田，1998
　　年 6 月 30 日。

鄭清文 1998b，〈大水河畔的童年〉，於《鄭清文短篇小說全集別卷：
　　鄭清文和他的文學》（169～177），台北：麥田，1998 年 6 月
　　30 日。

鄭清文 1999，〈童話〉，於《自由時報‧自由副刊》，1999 年 8 月
　　23 日。

鄭清文 2000a，〈精靈猴〉，於《文學台灣》季刊第 34 期（144～163），
　　高雄：文學台灣雜誌社，2000 年 4 月 5 日。

鄭清文 2000b，《燕心果》，台北：玉山社，2000 年 4 月。

鄭清文 2000c，《天燈‧母親》，台北：玉山社，2000 年 4 月。

鄭清文 2000d，〈台灣童話寫作的一個新動向〉，於《小國家大文學》（130～133），台北：玉山社，2000 年 10 月。

鄭清文 2000e，〈我對台灣兒童文學的看法〉，於《小國家大文學》（134～143），台北：玉山社，2000 年 10 月。

鄭清文 2004a，〈得獎感言〉，於《九十二年童話選》（4），台北：九歌，2004 年 3 月 10 日。

鄭清文 2004b，〈民間故事的改寫〉，於《多情與嚴法》（99～101），台北：玉山社，2004 年 5 月。

鄭清文 2004c，《採桃記》，台北：玉山社，2004 年 8 月。

鄭清文 2005，〈談台灣文學的外文翻譯──從《三腳馬》談起〉，於《文學台灣》季刊第 57 期（69～79），高雄：文學台灣雜誌社，2005 年 12 月 15 日。

乙、專書

Gérard Genette（傑哈‧簡奈特）1991，Fiction et Diction，Éditions du Seuil，1991 年。

大衛‧巴金罕（David Buckingham）2003，《童年之死：在電子媒體時代長大的孩童》（楊雅婷譯），台北：巨流，2003 年 5 月。

丹妮斯‧埃斯卡皮（Denise Escarpit）1989，《歐洲青少年文學暨兒童文學》（黃雪霞譯），台北：遠流，1989 年 9 月 16 日。

尼爾‧波茲曼（Neil Postman）1994，《童年的消逝》（蕭昭君譯），台北：遠流，1994 年 11 月 16 日。

艾德華・卡耳（Edward H. Carr）1968，《歷史論集》（王任光譯），
　　台北：幼獅，1968 年 12 月。

李潼 1998，《水柳村的抱抱樹》，台北：天衛文化，1998 年 1 月。

李進益 2004，《繼承與創新——論鄭清文的文學世界》，台北：致良，
　　2004 年 3 月。

林文寶 2000（主編），《台灣（1945～1998）兒童文學一〇〇》，台
　　北：行政院文化建設委員會，2000 年 3 月。

邱各容 2005，《臺灣兒童文學史》，台北：五南，2005 年 6 月。

岡崎郁子 1993，《阿里山の神木——台湾の創作童話》，日本東京：
　　研文，1993 年 5 月 31 日。

岡崎郁子 1997，《台灣文學——異端的系譜》（葉笛等譯），台北：
　　前衛，1997 年 1 月。

周惠玲 2000（主編）（林文寶策劃），《夢穀子，在天空之海——兒
　　童文學童話選集 1988～1998》，台北：幼獅，2000 年 6 月。

周慶華 1998，《兒童文學新論》，台北：生智，1998 年 3 月。

洪文瓊 1989（主編）（林文寶策劃），《兒童文學童話選集》，台北：
　　幼獅，1989 年 7 月。

洪文瓊 1999，《台灣兒童文學手冊》，台北：傳文文化，1999 年 8
　　月 1 日。

洪汛濤 1989，《童話學》，台北：富春文化，1989 年 9 月。

侯伯・埃斯卡皮（Robert Escarpit）1990，《文學社會學》（葉淑燕譯），
　　台北：遠流，1990 年 12 月 16 日。

泰瑞・伊果頓（Terry Eagleton）1993，《文學理論導讀》（吳新發譯），
　　台北：書林，1993 年 4 月。

韋葦 1995，《世界童話史》，台北：天衛文化，1995 年 1 月。

徐錦成 2003，《台灣兒童詩理論批評史》，彰化：彰化縣文化局，2003
　　年 9 月。

徐錦成 2004（主編），《九十二年童話選》，台北：九歌，2004 年 3
　　月 10 日。

徐錦成 2005a（主編），《九十三年童話選》，台北：九歌，2005 年 3
　　月 10 日。

徐錦成 2006（主編），《九十四年童話選》，台北：九歌，2006 年 3
　　月 10 日。

許建崑 1998（主編），《認識童話》，台北：天衛文化，1998 年 12 月。

張春榮 1999，《極短篇的理論與創作》，台北：爾雅，1999 年 11 月
　　1 日。

陳正治 1990，《童話寫作研究》，台北：五南，1990 年 6 月。

葉石濤 1987，《台灣文學史綱》，高雄：文學界雜誌社，1987 年 2
　　月 1 日。

蔡尚志 1996，《童話創作的原理與技巧》，台北：五南，1996 年 6 月。

劉鳳芯 2000（主編）（林文寶策劃），《擺盪在感性與理性之間——
　　兒童文學論述選集 1988～1998》，台北：幼獅，2000 年 6 月。

謝鴻文 2006，《凝視台灣兒童文學的重鎮——桃園縣兒童文學史》，
　　台北：富春文化，2006 年 12 月。

丙、學位論文

呂佳龍 2002，〈成長與記憶之河──鄭清文小說研究〉，南華大學文學研究所碩士班，2002 年 6 月。

何嘉駒 2004，〈管絃樂曲《天燈·母親》及其創作理念〉，交通大學音樂研究所碩士班，2004 年 6 月。

何慧倫 2003，〈鄭清文童話研究〉，高雄師範大學國文教學碩士班，2003 年 6 月。

邱子寧 2001，〈鄭清文作品中的童年敘事〉，台東師範學院兒童文學研究所碩士班，2001 年 6 月。

吳安清 2004，〈虎姑婆故事研究〉，東吳大學中文系碩士班，2004 年 4 月。

周芳姿 2005，〈張嘉驊童話研究（1991～2000）〉，台東大學兒童文學研究所碩士班，2005 年 6 月。

洪志明 2000，〈隱藏與揭露──寓言的寫作技巧研究〉，台東師範學院兒童文學研究所碩士班，2000 年 1 月。

高麗敏 2003，〈桃園縣文學史料之分析與研究〉，東吳大學中文系碩士在職專班，2003 年 7 月。

許素蘭 2000，〈冰山底下的大水河──鄭清文短篇小說研究〉，靜宜大學中國文學系碩士班，2000 年 6 月。

郭惠禎 2001，〈鄭清文短篇小說風格研究〉，臺北市立師範學院應用語言文學研究所碩士班，2001 年 6 月。

陳美菊 2002，〈《鄭清文短篇小說全集》研究〉，高雄師範大學國文教學碩士班，2002 年 9 月。

詹家觀 1999,〈鄭清文小說中的社會變遷〉,政治大學中國文學系碩士班,1999 年 6 月。

劉勝雄 2002,〈台灣現代童話研究〉,中興大學中國文學系碩士在職專班,2002 年 6 月。

鄭妃娟 2002,〈九○年代台灣創作童話內容研究〉,台北市立師範學院應用語言文學研究所教學碩士班,2002 年 6 月。

謝鴻文 2005,〈桃園縣兒童文學發展之研究〉,佛光人文社會學院文學研究所碩士班,2005 年 1 月。

丁、單篇文獻

王拓 1977,〈是「現實主義」文學,不是「鄉土文學」〉,於《街巷鼓聲》(59~80),台北:遠流,1977 年 9 月。

王泉根與徐迪南 1998,〈困惑的現代與現代的困惑──當今台灣童話創作現象管窺〉,於《台灣地區(1945 年以來)現代童話學術研討會論文集》(197~227),台東:台東師範學院兒童文學研究所,1998 年 3 月。

尹章義 1990,〈什麼是台灣文學?台灣文學往哪裡去?〉,於《台灣文學觀察雜誌》季刊第 1 期(19~24),台北:台灣文學觀察雜誌社,1990 年 6 月 1 日。

李喬 1985,〈成長的寓言〉,於《燕心果》(1~6),台北:號角,1985 年 3 月 15 日。

李喬 2004,〈童話新境、生命新景〉,於《採桃記》(5~7),台北:玉山社,2004 年 8 月。

李瑞騰 1991，〈什麼是「台灣文學」〉，於《台灣文學風貌》（9～11），台北：三民，1991 年 5 月。

李瑞騰 1998，〈衝突：化解，或者更形惡化〉，於《鄭清文短篇小說全集 6：白色時代》（3～10），台北：麥田，1998 年 6 月。

林文寶 1998，〈釋童話〉，於《兒童文學學刊》創刊號（51～65），台東：台東師範學院兒童文學研究所，1998 年 3 月。

林文寶 1999，〈兒童文學的創作及活動〉，於《1998 台灣文學年鑑》（40～48），台北：行政院文化建設委員會，1999 年 6 月。

林文寶 2000，〈態度與緣起〉，於《台灣（1945～1998）兒童文學一〇〇》（8～9），台北：行政院文化建設委員會，2000 年 3 月。

林文寶 2005，〈推薦序：臺灣的兒童文學史〉，於《臺灣兒童文學史》（i～vii），台北：五南，2005 年 6 月。

林秀珍 2006，〈說不完的故事——談鄭清文的〈臭青龜子〉〉，於《中國語文》月刊第 583 期（86～90），台北：中國語文月刊社，2006 年 1 月。

林武憲 2000，〈台灣兒童詩歌的特色——從十八家書目談起〉，於《台灣兒童文學一〇〇論文集》（199～212），台東：台東師範學院兒童文學研究所，2000 年 3 月。

邱各容 2002，〈為前人建檔，為今人勾微〉，於《播種希望的人們——台灣兒童文學工作者群像》（14～17），台北：富春文化，2002 年 8 月。

邱各容 2005，〈以生命熱誠關愛人生的鄭清文——臺灣兒童文學作家與作品研究系列之一〉，於《全國新書資訊月刊》第 79 期（4～13），台北：國家圖書館，2005 年 7 月。

胡衍南 1999，〈鄭清文：難得「轟動」的鄉土文學作家〉，於《1998台灣文學年鑑》（203～204），台北：行政院文化建設委員會，1999 年 6 月。

孟樊 2002，〈現代文學評論與研究概況〉，於《2000 年台灣文學年鑑》（24～33），台北：行政院文化建設委員會，2002 年 4 月。

倪端 2000，〈用另一種方式飛翔〉，於《聯合報‧讀書人書評版》，2000 年 5 月 29 日。

馬森 1997，〈當代台灣小說的中國結與台灣結〉，於《燦爛的星空》（315～357），台北：聯合文學，1997 年 11 月。

馬森 2003，〈《中華現代文學大系（貳）‧臺灣一九八九～二〇〇三》‧小說卷序〉，於《中華現代文學大系（貳）‧臺灣一九八九～二〇〇三‧小說卷（一）》（1～21），台北：九歌，2003 年 10 月。

馬歇爾‧埃梅（Marcel Aymé）1989，〈作者前言〉（邱瑞鑾譯），於《貓咪躲高高》（三～四），台北：聯經，1989 年 11 月。

許振江 1993，〈民間傳說鬼事多〉，於《名家說鬼》（2～7），高雄：黑皮，1993 年 7 月。

徐錦成 2005b，〈寫給台灣兒童的蟲魚鳥獸交響詩——評鄭清文《採桃記》〉，於《文訊》月刊第 238 期（66～67），台北：文訊雜誌社，2005 年 8 月。

許建崑 2000，〈抓住那孩子吧！——讀鄭清文《天燈‧母親》〉，於《中央日報‧中央閱讀版》，2000 年 7 月 3 日。

許素蘭 1999，〈價值顛覆與道德內化——鄭清文童話集《燕心果》主題意涵的曖昧性〉，於《全國新書資訊月刊》第 9 期（6～8），台北：國家圖書館，1999 年 9 月。

張子樟 2000，〈一種烏托邦的嚮往——《天燈·母親》的意涵〉，於《中央日報·中央閱讀版》，2000 年 7 月 3 日。

張子樟 2002，〈「跨越」與「跨類」的聯想〉，於《回顧中的省思——少年小說論述與其他》（127～129），澎湖：澎湖縣文化局，2002 年 11 月。

張桂娥 2001，〈日本的華文兒童文學作品譯介概況——以兒童文學研究團體與創作同人組織出版之期刊雜誌為中心〉，於《兒童文學學刊》第 6 期下卷（212～248），台東：台東師範學院兒童文學研究所，2001 年 11 月。

張嘉驊 2005，〈熊貓先生的身份〉，於《九十三年童話選》（234～242），台北：九歌，2005 年 3 月 10 日。

郭明福 1985，〈豆棚瓜架下的純真——試談《燕心果》〉，於《文訊》月刊第 19 期（66～69），台北：文訊雜誌社，1985 年 8 月。

陳玉玲 2000，〈論鄭清文的《天燈·母親》〉，於《天燈·母親》（186～207），台北：玉山社，2000 年 4 月。

陳芳明 2002，〈歷史的歧見與回歸的岐路——鄉土文學的意義與反思〉，於《後殖民台灣——文學史論及其周邊》（91～107），台北：麥田，2002 年 4 月 1 日。

黃凡與林燿德，〈《鄉野卷》前言〉，於《新世代小說大系：鄉野卷》（12～13），台北：希代書版，1989 年 5 月。

黃秋芳 2002，〈在「小說」與「童話」邊緣——從「小說童話」看「兒童」與「成人」兩大板塊相互靠近〉，於《兒童文學學刊》第 7 期（177～197），台東：台東師範學院兒童文學研究所，2002 年 5 月。

黃維樑 2006，〈鄉土詩人余光中〉，於《當代詩學》第 2 期（31-47），
　　台北：台北教育大學台灣文學研究所，2006 年 9 月。

黃錦珠 2001，〈童心與大自然的交響曲——讀鄭清文童話《天燈‧
　　母親》〉，於《文訊》月刊第 183 期（24～25），台北：文訊雜誌
　　社，2001 年 1 月。

趙天儀 2000，〈我看《燕心果》〉，於《文訊》月刊第 178 期（37），
　　台北：文訊雜誌社，2000 年 8 月。

趙天儀 2005，〈推薦序：一座可懷念的里程碑〉，於《臺灣兒童文學
　　史》（ix～x），台北：五南，2005 年 6 月。

傅林統 2000，〈民間故事組評選說明〉，於《台灣（1945～1998）兒
　　童文學一○○》（99），台北：行政院文化建設委員會，2000 年
　　3 月。

詹宏志 1981，〈兩種文學心靈——評兩篇聯合報小說獎得獎作品〉，
　　於《書評書目》第 93 期（23～32），台北：書評書目雜誌社，
　　1981 年 1 月。

詹明信（Fredric Jameson）1994，〈處於跨國資本主義時代中的第三
　　世界文學〉（張京媛譯），於《馬克思主義：後冷戰時代的思索》
　　（87～112），香港：牛津大學，1994 年。

廖咸浩 2002，〈最後的鄉土之子——序林宜澐《耳朵游泳》〉，於《耳
　　朵游泳》（5～14），台北：二魚文化，2002 年 9 月。

蔡尚志 1999，〈台灣兒童文學今何奈？〉，於《探索兒童文學》（3～
　　23），嘉義：嘉義市立文化中心，1999 年 11 月。

應鳳凰 2003，〈鄭清文的《天燈‧母親》〉，於《臺灣文學花園》（111
　　～115），台北：玉山社，2003 年 1 月。

羅蘭・巴爾特（Roland Barthes）1991,〈法蘭西學院文學符號學講座就職講演〉（李幼蒸譯），於《寫作的零度──結構主義文學理論文選》（185～206），台北：時報，1991 年 2 月 5 日。

藍涵馨 2000,〈水柳村的抱抱樹〉，於《台灣（1945～1998）兒童文學一〇〇》（49），台北：行政院文化建設委員會，2000 年 3 月。

附錄一　台灣童話發展年表：

1977～2006

說明：

　　本年表包含「鄭清文童話」一欄，以示本研究之重點。

　　「鄭清文童話」一欄所列童話，包括鄭氏未結集出版的作品，但不含兒童小說〈荔枝樹〉（收錄於《燕心果》）。

年代	政經、社會	主流（成人）文學	兒童文學	童話	鄭清文童話
1977（民國66）	11月19日，中壢事件。	8月17日，彭歌發表〈不談人性，何有文學？〉於《聯合報副刊》，掀起「鄉土文學論戰」。10月，「中國時報文學獎」創辦。			〈蛇婆〉，6月《快樂家庭》月刊。〈捉鬼記〉，12月《幼獅文藝》月刊。
1978（民國	5月20日，蔣經國、謝東				〈鬼姑娘〉，9月《幼獅少

67）	閔就任中華民國第六任總統、副總統。 12 月，美國承認中共政權，我國宣佈與美斷交。			年》月刊。 〈紅龜粿〉，10 月 1〜2 日《民眾日報・民眾副刊》。
1979 （民國68）	12 月，高雄美麗島事件。		12 月，張水金《無花城的春天》，漢京文化。	
1980 （民國69）		4 月 4 日兒童節，兒童詩學季刊《布穀鳥》創刊，主編林煥彰。	1 月，嚴友梅《小番鴨──佳佳》，大作。	〈松雞王〉，2月《新少年雜誌》。 〈鹿角神木〉，5月《新少年雜誌》。
1981 （民國70）		1 月，詹宏志發表〈兩種文學心靈──評兩篇聯合報小說獎得獎作品〉於《書評書目》第 93期，文中提出「邊疆文學」一詞，引起「台		〈松鼠的尾巴〉，4 月 6 日《台灣時報・副刊》。 〈火雞密使〉，5 月《幼獅少年》月刊。 〈生蛋比賽〉，8 月 28 日《台灣日報・台灣

		灣文學地位論」之論爭。9月1日，《書評書目》發行第一百期，並宣佈停刊。		副刊》。〈松鼠的尾巴〉，10月《家庭月刊》。〈泥鰍和溪哥仔〉，10月25日《國語週刊》。
1982（民國71）	10月22日，「三民主義統一中國大同盟」成立於台北。	7月31日，小說家洪醒夫車禍去世（1949～1982）。	10月，錦標出版社十五冊《童話列車》開始出版，翌年6月出齊。	〈十二支鉛筆〉，3月7日《國語週刊》。〈燕心果〉，4月24日《聯合報·副刊》。〈斑馬〉，6月6日《國語週刊》。
1983（民國72）		7月，《文訊》雜誌創刊。8月7日，位於美濃之「鍾理和紀念館」正式成立。	4月4日，《海洋兒童文學研究》（四月刊）創刊。主編吳當，發行人林文寶。10月，《布穀鳥》發行第十五期，雖未公告停刊，但此後未再出刊。		〈麻雀築巢〉，8月《商工日報·商工副刊》。〈蜂鳥的眼淚〉，8月30日《商工日報·商工副刊》。〈石頭王〉，9月24日《商工日報·商工

				副刊》。〈恐龍的末日〉，10 月 25 日《民生報》。
1984（民國 73）	5 月 20 日，蔣經國、李登輝就任中華民國第七任總統、副總統。	11 月，《聯合文學》月刊創刊。	12 月 23 日，「中華民國兒童文學學會」成立。	9 月，朱秀芳《齒痕的秘密》，書評書目。	〈白沙灘上的琴聲〉，7 月《幼獅少年》月刊。
1985（民國 74）		3 月，龍應台開始《中國時報·人間副刊》撰寫「野火集」。3 月 12 日，楊逵病逝（1905〜1985）。11 月，《人間》雜誌創刊，陳映真發行並主編。	2 月 15 日，「中華民國兒童文學學會」附屬之《兒童文學學會會訊》（雙月刊）創刊。4 月，《台灣文藝》第 94 期推出「兒童文學評論」專輯。		3 月 15 日，鄭清文出版第一本童話創作《燕心果》，號角。
1986（民國 75）	9 月 28 日，民主進步黨成立。	5 月，《當代》雜誌（月刊）創刊。9 月，停刊二十年八個月之《文星》雜誌		11 月 29 日，第九屆「中國時報文學獎」揭曉。該獎本年首度舉辦童話類徵文，亦	

		復刊，發行第99期。		為唯一一屆。孫晴峰以〈小紅〉獲首獎；張如鈞以〈奇奇鎮的怪事〉獲評審獎；李淑真以〈柚子花〉獲優等獎；陳玉珠以〈魔術雲〉等十四篇獲推薦獎。	
1987（民國76）	7月1日，省市立九所師專同時改制為師範學院。7月15日，台灣解嚴。11月2日，開放大陸探親。	2月1日，葉石濤《台灣文學史綱》出版，文學界雜誌社。9月，《台北評論》雙月刊創刊，發行第6期後停刊。11月3日，梁實秋病逝（1903～1987）。	1月13日，信誼基金會宣佈創設「信誼幼兒文學獎」，翌年一月首屆頒獎。4月，《海洋兒童文學研究》發行第13期後停刊。7月1日，師範學院將「兒童文學」列為各系必修科目。		〈鬼妻〉，2月3日《台灣時報·副刊》。
1988	1月1日，解		6月，雷僑雲	4月15日，黃	

（民國77）	除報禁，大部分報紙今日起增張為六大張。1月13日，蔣經國總統去世，副總統李登輝依憲法接任總統。12月29日，吳三連病逝(1899~1988)。		以《中國兒童文學研究》獲台灣師範大學國文研究所博士，文中華民國第一位以兒童文學研究獲得博士學位者。本年9月，該論文由台灣學生書局出版。9月1日，光復書局《兒童日報》創刊。9月11日，大陸兒童文學研究會成立，林煥彰任會長。	海以童話集《大鼻國歷險記》獲得第十四屆國家文藝獎。12月，孫晴峰《∞的故事》，民生報社。	
1989（民國78）	6月4日，中共以武力鎮壓在天安門前示威抗議的學生及群眾，舉世震驚。		1月1日，《小鷹日報》創刊，本年七月停刊。4月4日，日本福武書店在台灣投資	7月，洪文瓊主編《兒童文學童話選集》，幼獅。	

			的《小朋友巧連智》月刊創刊。 5 月，林文寶策劃、幼獅文化公司出版的五冊「兒童文學選集」（論述、詩歌、故事、童話、小說）開始出版，7 月出齊。 7 月 8 日，富春文化事業有限公司成立。 12 月 27 日，台灣省兒童文學協會於台中市成立，首任理事長為陳千武。		
1990 （民國 79）	5 月 20 日，李登輝、李元簇就任中華民國第八任總統、副總	4 月 5 日，《新地文學》（雙月刊）創刊，郭楓任總策劃，呂正惠等人任	4 月，《幼獅文藝》第 436期推出「兒童文學專號」。 8 月，邱各容		

	統。 8月30日，國學大師錢穆病逝（1895～1990）。	主編，鄭清文等人任顧問。翌年八月停刊。 6月，《台灣文學觀察雜誌》（季刊）創刊。 9月3日，小說家王禎和病逝（1940～1990）。	《兒童文學史料初稿（1945～1989）》，富春文化。		
1991 （民國80）	5月1日，政府宣佈「動員戡亂時期」終止。	1月4日，三毛自縊身亡（1943～1991）。 2月3日，彰化「賴和紀念館」落成。 2月25日，詩人陳秀喜病逝（1921～1991）。 4月，彭瑞金《台灣新文學運動四十年》，自立晚報。	1月，《兒童文學家》季刊創刊，林煥彰創辦。 10月11日，第十八屆「洪建全兒童文學獎」揭曉，並宣佈停辦。 12月，《兒童文學雜誌》（雙月刊）創刊，翌年十月停刊。	7月，管家琪《口水龍》，聯經。	
1992 （民國81）		6月6日，歷史小說家高陽病逝（1922～			

		1992）。		
1993 （民國 82）		12月，前衛出版社費時五年編輯完成的「台灣作家全集」短篇小說卷五十冊全部出齊。	3月，九歌文教基金會第一屆「現代兒童文學獎」揭曉，李潼以《少年龍船隊》獲首獎。 11月，第一屆「陳國政兒童文學新人獎」揭曉，李立清以〈送您一朵〉獲童詩類首獎；張怡雯以〈獅子阿諾〉獲童話類首獎；黃永宏以〈彩雲山〉獲圖畫故事類首獎。	8月，桂文亞主編《吃童話果果──1993海峽兩岸兒童文學選集·台灣童話卷》，民生報社。 10月，李潼《水柳村的抱抱樹》，天衛文化。	2月，《燕心果》第二次出版，自立晚報。 〈皇帝魚的二次災厄〉，5月《幼獅文藝》月刊第473期。 5月，岡崎郁子翻譯《阿里山の神木》，日本「研究出版社」。
1994 （民國 83）		11月，《台灣文學觀察雜誌》發行第9期，並宣佈停刊。	4～5月，《文訊》雜誌第102～103期推出「台灣兒童文學的觀察」（上、下）專題。		

			6月，洪文瓊《台灣兒童文學史》，傳文文化。		
1995（民國84）	4月12日，哲學大師牟宗三病逝(1909~1995)。	6月24日，小說家邱妙津於巴黎自盡(1969~1995)。8月，成立於1968年12月，出版界「五小」之首「純文學出版社」宣佈停止營運。9月8日，小說家張愛玲於美國逝世(1920~1995)。		9月，林世仁《十四個窗口》，民生報社。10月29日，國語日報社公佈第一屆「牧笛獎」得獎名單。中國大陸作家周銳以〈蜃帆〉獲童話組首獎。	
1996（民國85）	3月23日，中華民國總統首度直接民選，李登輝、連戰當選第九任總統、副總統。5月20日，正式就職。	1月8日，作家林燿德猝逝(1962~1996)。3月25日，淡水工商管理學院成立台灣文學系，為全國首創台灣文學系。		9月，劉思源《妖怪森林》，民生報社。	
1997			7月，台東師	4月，張嘉驊	〈春天·早

（民國86）				範學院成立兒童文學研究所。 8月6日，曾任教於台南師範學院的林守為教授逝世（1920～1997）。	《怪怪書怪怪讀》第一冊，文經社。 10月25日，國語日報社公佈第二屆「牧笛獎」得獎名單。林世仁以〈高樓上的小捕手〉獲童話組首獎。	晨・斑甲的叫聲〉，1月15～17日《台灣日報・台灣副刊》。 〈初夏・夜・火金姑〉，3月7～12日《台灣日報・台灣副刊》。 〈夏天・午後・紅蜻蜓〉，4月28日～5月3日《台灣日報・台灣副刊》。 〈初秋・大火・水豆油〉，7月21～26日《台灣日報・台灣副刊》。 〈初冬・老牛・送行的隊伍〉，9月8～12日《台灣日報・台灣副刊》。

					〈寒冬‧天燈‧母親〉，11 月 10～12 日《台灣日報‧台灣副刊》。
1998（民國 87）		3 月 22 日，小說家朱西甯逝世（1926～1998）。 6 月 30 日，「鄭清文短篇小說全集」全七卷（含小說六卷及別卷一冊），麥田出版。依序為《水上組曲》、《合歡》、《三腳馬》、《最後的紳士》、《秋夜》、《白色時代》及別卷《鄭清文和他的文學》。	1 月 18 日，《兒童日報》宣佈停刊，改為書本型週刊。 3 月，台東師範學院兒童文學研究所主編的《兒童文學學刊》創刊，前兩期為年刊，第 3 期（2000 年 5 月）起改為半年刊。 8 月，幾米《微笑的魚》、《森林裡的秘密》，玉山社出版。掀起本土成人繪本熱潮。	3 月 22～23 日，中國海峽兩岸兒童文學研究會與民生報合辦「1998 年海峽兩岸童話學術研討會」。 3 月 26～27 日，台東師範學院主辦「1945 年以來台灣地區現代童話學術研討會」。 3 月，卜京《西元 2903 的一次飛行》，民生報社。 4 月，方素珍《一隻豬在網路上》，國語日報社。	

				6月，鄭清文原作繪本《沙灘上的琴聲》，陳建良繪圖，台灣英文雜誌社。 12月，鄭清文原作繪本《春雨》，幾米繪圖，台灣麥克。	
1999 （民國88）	9月21日，九二一大地震。		7～12月，行政院文建會主辦，台東師範學院兒童文學研究所承辦「台灣兒童文學一○○」票選。翌年決選完畢，共選出1945年以來之台灣兒童文學經典作品102種。 8月8～10日，第五屆「亞洲兒童文學大會」在	7月，陳玉玲發表〈農村的烏托邦：鄭清文的童話空間〉於《文學台灣》季刊第31期。 8月，國語日報社公佈第三屆「牧笛獎」得獎名單。侯維玲以〈鳥人七號〉獲童話組首獎。	〈祕雕魚〉，1～2月《幼獅文藝》月刊第541～542期。 〈童話〉，8月23日《自由時報·自由副刊》。

			台北市立圖書館總館舉行。 10月17日，「兒童文學資深作家——潘人木、林海音作品研討會」，行政院文建會主辦，中華民國兒童文學學會與台北市立圖書館承辦。		
2000（民國89）	5月20日，民進黨籍的陳水扁、呂秀蓮就任中華民國第十任總統、副總統。結束國民黨在台灣半世紀的執政。	7月，成功大學成立台灣文學研究所。 10月，法籍華文劇作家、小說家高行健榮獲諾貝爾文學獎。	1月，培利·諾德曼著、劉鳳芯譯，《閱讀兒童文學的樂趣》，天衛文化。 2月，林文寶策劃、幼獅文化公司出版的七冊「兒童文學選集1988～1998」（小說、散文、戲劇、詩	6月，周惠玲主編《夢穀子，在天空之海——兒童文學童話選集1988～1998》，幼獅。	〈精靈猴〉，4月《文學台灣》季刊春季號第34期。 4月，《燕心果》第三次出版，玉山社。 4月，《天燈·母親》，玉山社。

			歌、故事、童話、論述）開始出版，6月出齊。 3月15日，熊秉真《童年憶往：中國孩子的歷史》，麥田。 3月24～26日，「台灣兒童文學－○○研討會」，行政院文建會主辦，台東師範學院兒童文學研究所承辦。 10月15日，「兒童文學資深作家──林良作品研討會」，行政院文建會主辦，中華民國兒童文學學會與台北市立圖書館承辦。		

2001 （民國 90）	2月16日，新新聞雜誌與 PC HOME 集團合創的網路原生報《明日報》宣布終止營運。 9月11日，美國紐約遭恐怖行動攻擊，兩棟世界貿易摩天大樓全毀。		10月7日，「兒童文學資深作家——林鍾隆作品研討會」，中華民國兒童文學學會主辦，台北市立圖書館。 12月1日，兒童文學作家林海音病逝（1918～2001）。	8月，國語日報社公佈第四屆「牧笛獎」得獎名單，童話組首獎從缺。王文華以〈變身小鬼〉獲童話組第二名。	
2002 （民國 91）			4月，教育部宣佈裁撤「兒童讀物編輯小組」，兒童文學界一片譁然，各方呼籲搶救無效，該小組於年底走入歷史。 11月30日，「兒童文學資深作家——馬景賢作		

			品研討會」，中華民國兒童文學學會主辦，台北市立圖書館。		
2003（民國92）		6月20日，小說家黃國峻於台北家中自盡（1971~2003）。7月，《文訊》雜誌創刊二十週年，推出「台灣文學雜誌專號」。8月15日,《印刻文學生活誌》（月刊）推出「創刊前號」，9月正式創刊。	8月，台東師範學院升格為台東大學，兒童文學研究所成立博士班。9月，徐錦成《台灣兒童詩理論批評史》，彰化縣文化局。	7月25日，國語日報社公佈第五屆「牧笛獎」得獎名單。王文華以〈新差土地公〉（後改名〈拜託拜託土地公〉）獲童話組首獎。8月，台東大學主辦之第一屆「台東大學兒童文學獎」公佈得獎名單。本屆徵選項目為童話。廖雅蘋以〈蜘蛛詩人〉獲首獎。	〈憨猴搬石頭〉、〈麗花園〉、〈鮕魚故鄉〉等三篇童話,《文學台灣》季刊7月夏季號第47期。〈臭青龜子〉，7月13日《自由時報‧自由副刊》。〈金螞蟻〉，7月24～25日《中央日報‧中央副刊》。〈蛇太祖媽〉、〈樹靈碑〉等二篇，12月《聯合文學》月刊第230期。

2004 （民國 93）	3月20日，民進黨籍的陳水扁、呂秀蓮當選連任總統、副總統。但投票前夕（3月19日）兩人在台南遭受槍擊，引起各方爭議，成為日後台灣政治動盪因素之一。	1月29日，詩人兼評論家陳玉玲逝世（1964~2004）。3月25日，詩人詹冰逝世（1921~2004）。4月6日，小說家袁哲生自盡（1966~2004）。	3月，九歌出版社出版《九十二年童話選》，由徐錦成主編，為台灣首創的年度性質童話選集。12月17~18日，張嘉驊發表〈熊貓先生的身份〉於《國語日報·兒童文藝版》。12月20日，童話作家及少年小說家李潼（本名賴西安）因癌症辭世（1953~2004）。	3月，鄭清文以〈臭青龜子〉獲首屆頒發的九歌「年度童話獎」。8月，《採桃記》，玉山社。
2005 （民國 94）			1月，黃秋芳《兒童文學的遊戲性──台灣兒童文學初旅》，萬卷樓。6月，邱各容《臺灣兒童	7月15日，國語日報社公佈第六屆「牧笛獎」得獎名單。童話組與圖畫故事組的首獎均從缺。童話組共錄取	

			文學史》，五南。	六篇，包括第二名兩名，分	
			7月4日，國家文化藝術基金會宣布第九屆「國家文藝獎」得主，共有五位，分別是小說家鄭清文、作曲家錢南章、編舞家林麗珍、劇作家王安祁及電影導演侯孝賢。	別是李宥樓〈王后的鏡像〉(後改名〈逃跑的鏡像〉)及李儒林〈披風少年〉。 7月，楊隆吉《愛的穀粒》，新苗。 7月，嚴友梅《飛上天》，民生報社。	
			11月3日，兒童文學界尊稱為「潘先生」的女作家潘人木(本名潘佛彬)因肺癌病逝(1919～2005)。 11月5～6日，中華民國兒童文學學會主辦「永遠	12月，天下雜誌股份有限公司出版「字的童話」套書，全套共七冊，由林世仁及哲也合作撰寫。	

			的兒童文學作家李潼先生作品研討會」。 11 月 19～20日，中華民國兒童文學學會主辦「安徒生二○○週年誕辰國際童話學術研討會」。 12 月 10～11日，中華民國兒童文學學會主辦「台灣兒童文學資深女作家作品研討會」。		
2006 （民國95）		5 月 9 日，詩人葉笛（本名葉寄民）因胃癌病逝（1931～2006）。 5 月 27～28日，中正大學台灣文學研究所召開「鄭清文國際學術研	4 月 13 日，兒童文學理論家李慕如博士因心肌梗塞逝世(1936~2006)。 7 月，天衛文化推出 2000～2003 共四本「臺灣兒童	5 月 12 日，童話家陳一華（本名陳壹華）病逝（1952～2006）。 6 月，九歌推出「童話列車」系列，為童話作家精選集，徐錦成任系列	

| | | 討會」，會中共發表論文計十九篇，其中四篇討論鄭清文童話。
6月7日，散文家琦君因感冒感染肺炎病逝（1917～2006）。
9月30日，詩人、散文家、法國文學學者胡品清教授病逝（1921～2006）。 | 文學精華集」，林文寶任總策畫，洪志明、陳沛慈、陳景聰任選編委員。
11月18～19日，中華民國兒童文學學會、國家文學館、中央大學中文系現代文學教研室合辦召開「資深兒童文學家──潘人木作品研討會」。
12月，謝鴻文《凝視台灣兒童文學的重鎮──桃園縣兒童文學史》，富春文化。 | 主編。首批書包括《司馬中原童話》及《管家琪童話》等兩冊。 | |

後記

我讀博士班時，想過不少博士論文題目，最後選擇研究當代台灣童話。

在研究台灣童話的過程中，一直覺得鄭清文童話是個獨特的存在。我感覺到要研究他的童話，光使用兒童文學的方法是不夠的、甚至是危險的。這個發現，讓我既驚喜又遲疑。我一方面感到從鄭清文童話入手，可以衝破兒童文學與主流文學的界線；但另一方面也清楚，並非所有台灣童話都適用同樣的方法。

要融合兩者不是不可能，但需要很大的篇幅。譬如我可以全面性地寫一部《台灣童話研究》，而在〈鄭清文〉那一章裡，使用異於其他章的角度，並加以解釋。而這樣的寫法，其實是我最初的構想。

不過論文計畫提出來了，寫著寫著，到最後卻只剩下這麼一本薄薄的《鄭清文童話現象研究》，箇中轉變，實不足為外人道。或許寫論文就跟做任何事一樣，有時需要天時地利人和吧。

我的論文題目乍看之下縮小了，但事實上是我把做為分母的研究方法——台灣文學史的思考——放大了。如果我全面性寫一部《台灣童話研究》，便無法集中全力進行觀念的突破。就現階段的台灣文

學史研究來看，我認為一個觀念的提出，比寫一部回顧性質的大書來得有意義。日後的的學術演進，或將會證明我的話。

在此要感謝兩位指導教授馬森老師、李瑞騰老師的教誨。尤其謝謝馬老師撥冗替這本書寫〈序〉。我知道兩位老師對我期待甚多，但如果不必然要落實在這本論文，他日我的表現或許會更好。

岡崎郁子教授和我只見過一次面，是在二〇〇六年五月中正大學所主辦的「鄭清文國際學術研討會」上。二〇〇七年四月一日，我撥了通電話到日本向她邀〈序〉，她沒懷疑是愚人節玩笑，毫不遲疑答應了。真是不思議的緣分。

在博士論文答辯時，林文寶老師、張春榮老師、黃維樑老師等幾位考試委員都給了我很多寶貴建議。慚愧的是此刻就要出書了，而我的時間與能力都有限，他們提示的許多縫隙仍然只有存而不論。希望日後還有補強的機會。

寫論文期間，我從未與鄭清文先生討論過。曾經見面，我也絲毫未提正在撰寫論文的事。但我畢業後寄了一本論文請他指正，收到他許多勉勵的話語。因為他的勉勵，我不禁想像：如果這本書能對鄭清文童話研究、台灣童話研究、台灣文學史研究有點幫助，也許我不必覺得自己浪費了幾年青春。

──二〇〇七年四月

國家圖書館出版品預行編目

鄭清文童話現象研究：臺灣文學史的思考 /
徐錦成著. -- 一版. -- 臺北市 ：秀威資訊科
技, 2007.08
　　面 ；　　公分. -- (語言文學類 ；AG0071)
參考書目：面
ISBN 978-986-6909-98-6(平裝)

1. 兒童文學 2. 童話 3. 臺灣文學史

863.099　　　　　　　　　　96014633

 語言文學類　AG0071

鄭清文童話現象研究
——台灣文學史的思考

作　　者 / 徐錦成
發 行 人 / 宋政坤
執行編輯 / 詹靚秋
圖文排版 / 林欣儀
封面設計 / 李孟瑾
數位轉譯 / 徐真玉　沈裕閔
圖書銷售 / 林怡君
法律顧問 / 毛國樑　律師
出版印製 / 秀威資訊科技股份有限公司
　　　　　　台北市內湖區瑞光路 583 巷 25 號 1 樓
　　　　　　電話：02-2657-9211　　　傳真：02-2657-9106
　　　　　　E-mail：service@showwe.com.tw
經 銷 商 / 紅螞蟻圖書有限公司
　　　　　　台北市內湖區舊宗路二段 121 巷 28、32 號 4 樓
　　　　　　電話：02-2795-3656　　　傳真：02-2795-4100
　　　　　　http://www.e-redant.com

2007 年 8 月 BOD 一版
定價：250 元

讀 者 回 函 卡

感謝您購買本書，為提升服務品質，煩請填寫以下問卷，收到您的寶貴意見後，我們會仔細收藏記錄並回贈紀念品，謝謝！

1.您購買的書名：_____

2.您從何得知本書的消息？

　　□網路書店　□部落格　□資料庫搜尋　□書訊　□電子報　□書店

　　□平面媒體　□ 朋友推薦　□網站推薦 □其他_____

3.您對本書的評價：(請填代號　1.非常滿意 2.滿意 3.尚可 4.再改進)

　　封面設計____　版面編排____　內容____　文/譯筆____　價格____

4.讀完書後您覺得：

　　□很有收穫　□有收穫　□收穫不多　□沒收穫

5.您會推薦本書給朋友嗎？

　　□會　□不會，為什麼？_____

6.其他寶貴的意見：_____

_____

_____

_____

讀者基本資料

姓名：_____　年齡：_____　性別：□女 □男

聯絡電話：_____　E-mail：_____

地址：_____

學歷：□高中(含)以下　□高中　□專科學校　□大學

　　　□研究所(含)以上 □其他_____

職業：□製造業 □金融業 □資訊業 □軍警 □傳播業 □自由業

　　　□服務業 □公務員 □教職　□學生 □其他_____

To：114

台北市內湖區瑞光路 583 巷 25 號 1 樓

秀威資訊科技股份有限公司　　　收

寄件人姓名：

寄件人地址：□□□

(請沿線對摺寄回,謝謝!)

秀威與 BOD

BOD（Books On Demand）是數位出版的大趨勢,秀威資訊率先運用 POD 數位印刷設備來生產書籍,並提供作者全程數位出版服務,致使書籍產銷零庫存,知識傳承不絕版,目前已開闢以下書系：

一、BOD 學術著作—專業論述的閱讀延伸
二、BOD 個人著作—分享生命的心路歷程
三、BOD 旅遊著作—個人深度旅遊文學創作
四、BOD 大陸學者—大陸專業學者學術出版
五、POD 獨家經銷—數位產製的代發行書籍

BOD 秀威網路書店：www.showwe.com.tw
政府出版品網路書店：www.govbooks.com.tw

永不絕版的故事‧自己寫‧永不休止的音符‧自己唱